U0458705

石一枫
小传

1979 年出生于一座以"玩儿嘴"著称的城市——北京。自称算改革的同龄人,"不过长这么大没改过谁的革,尽让人家改革了"。这种处境让作者从小有一种潜意识,就是除了"玩儿嘴"以外,他们对这个世道也做不了什么。

可能是嘴越玩儿越上瘾,逐渐有了把话落诸笔端的愿望,于是开始尝试文学写作。1996 年起在《北京文学》上发表短篇小说。1998 年考入北京大学中文系,后获文学硕士学位。2009 年起写作了长篇小说《红旗下的果儿》《恋恋北京》《我妹》等。也办过洋务,翻译了外国小说《猜火车》。

而立之年后作者的写作发生了些许变化,此后创作了中篇小说《世间已无陈金芳》《地球之眼》《营救麦克黄》等。其中《世间已无陈金芳》2016 年获"首届海峡两岸新锐作家好书评选"十部作品之一、第四届郁达夫小说奖中篇小说提名奖。

获奖后,在文学界引起讨论,比如评论家孟繁华认为《地球之眼》"呈现的是当下世风日下的道德危机",李云雷认为《世间已无陈金芳》是"为全球化背景下失败的青年赋形"。这些评价在作者看来是过誉,也拔高了,是师友们不忍心看着他堕落下去。

以上是文学方面的个人简介,想必有其虚伪性,但基本上还是做到了老实交代。

百年中篇小说名家经典

BAINIAN
ZHONGPIAN
XIAOSHUO
MINGJIA JINGDIAN

总主编　何向阳

本册主编　孟繁华

世间已无

SHI JIAN YI WU

陈金芳

CHEN JIN FANG

石一枫　著

河南文艺出版社
· 郑州 ·

一种文体与
一百年的民族记忆

何向阳　（丛书总主编）

　　自 20 世纪初，确切地说，自 1918 年 4 月以鲁迅《狂人日记》为标志的第一部白话小说的诞生伊始，新文学迄今已走过了百年的历史。百年的历史相对于古老的中国而言算不上悠久，但 20 世纪初到 21 世纪初这个一百年的文化思想的变化却是翻天覆地的，而记载这翻天覆地之巨变的，文学功莫大焉。作为一个民族的情感、思想、心灵的记录，从小处说起的小说，可能比之任何别的文体，或者其他样式的主观叙述与历史追忆，都更真切真实。将这一百年的经典小说挑选出来，放在一起，或可看到一个民族的心性的发展，而那可能被时间与事件遮盖的深层的民族心灵的密码，在这样一种系统的阅读中，也会清晰地得到揭示。

所需的仍是那份耐心。如鲁迅在近百年前对阿Q的抽丝剥茧，萧红对生死场的深观内视，这样的作家的耐心，成就了我们今天的回顾与判断，使我们——作为这一古老民族的每一个个体，都能找到那个线头，并警觉于我们的某种性格缺陷，同时也不忘我们的辉煌的来路和伟大的祖先。

来路是如此重要，以至小说除了是个人技艺的展示之外，更大一部分是它对社会人众的灵魂的素描，如果没有鲁迅，仍在阿Q精神中生活也不同程度带有阿Q相的我们，可能会失去或推迟认识自己的另一面的机会，当然，如果没有鲁迅之后的一代代作家对人的观察和省思，我们生活其中而不自知的日子也许更少苦恼但终是离麻木更近，是这些作家把先知的写下来给我们看，提示我们这是一种人生，但也还有另一种人生，不一样的，可以去尝试，可以去追寻，这是小说更重要的功能，是文学家个人通过文字传达、建构并最终必然参与到的民族思想再造的部分。

我们从这优秀者中先选取百位。他们的目光是不同的,但都是独特的。一百年,一百位作家,每位作家出版一部代表作品。百人百部百年,是今天的我们对于百年前开始的新文化运动的一份特别的纪念。

而之所以选取中篇小说这样一种文体,也是出于这个原因。

中篇小说,只是一种称谓,其篇幅介于长篇小说和短篇小说之间,长篇的体积更大,短篇好似又不足以支撑,而介于两者之间的中篇小说兼具长篇的社会学容量与短篇的技艺表达,虽然这种文体的命名只是在 20 世纪的七八十年代才明确出现,但三四十年间发展迅速,其中的优秀作品在不同时期或年份涵盖长、短篇而代表了小说甚至文学的高峰,比如路遥的《人生》、张承志的《北方的河》、莫言的《透明的红萝卜》、韩少功的《爸爸爸》、王安忆的《小鲍庄》、铁凝的《永远有多远》等等,不胜枚举。我曾在一篇言及年度小说的序文中讲到一个观点,小说是留给后来者的"考古学",

它面对的不是土层和古物,但发掘的工作更加艰巨,因为它面对的是一个民族的精神最深层的奥秘,作家这个田野考察者,交给我们的他的个人的报告,不啻是一份份关于民族心灵潜行的记录,而有一天,把这些"报告"收集起来的我们会发现,它是一份长长的报告,在报告的封面上应写着"一个民族的精神考古"。

一百年在人类历史上不过白驹过隙,何况是刚刚挣得名分的中篇小说文体——国际通用的是小说只有长、短篇之分,并无中篇的命名,而新文化运动伊始直至 70 年代早期,中篇小说的概念一直未得到强化,需要说明的是,这给我们今天的编选带来了困难,所以在新文学的现代部分以及当代部分的前半段,我们选取了篇幅较短篇稍长又不足长篇的小说,譬如鲁迅的《祝福》《孤独者》,它的篇幅长度虽不及《阿 Q 正传》,但较之鲁迅自己的其他小说已是长的了。其他的现代时期作家的小说选取同理。所以在编选中我也曾想,命名"中篇小说名家经典"是否足以囊括,或者不如叫作"百年百人百部小说",但如此称谓又是对短篇小说的掩埋和对长篇小说的漠视,还是点出

"中篇"为好。命名之事，本是予实之名，世间之事，也是先有实后有名，文学亦然。较之它所提供的人性含量而言，对之命名得是否妥帖则已显得不那么重要了。

值此新文化运动一百年之际，向这一百年来通过文学的表达探索民族深层精神的中国作家们致敬。因有你们的记述，这一百年留下的痕迹会有所不同。

感谢河南文艺出版社，感动我的还有他们的敬业和坚持。在出版业不免利益驱动的今天，他们的眼光和气魄有所不同。

2017 年 5 月 29 日　郑州

目　录

1

那年夏天，小提琴大师伊扎克·帕尔曼第三次来华演出，我的"买办"朋友 b 哥囤积了一批贵宾票，打算用以贿赂附庸风雅的官员。没想到演出前两天，中央突然办了个学习班，官儿们都去受训了。他的票砸在手里，便随意甩给我一张：

"都是民膏民脂，不听也可惜。"

演出当天，我穿着一身体面衣服，独自乘地铁来到大会堂西路。正是一个夕阳艳丽的傍晚，一圈水系的中央，那个著名的蛋形建筑物熠熠闪光。苍穹之上，飘动着鸟形或虫形的风筝。穿过遛弯儿的闲人拾级而上时，我身边涌动着清一色的高雅人士，个个后脖颈子雪白，女士镶金戴银，一些老人家甚至打上了领结。检票进入大厅的过程中，我忽然有点儿不自在，感到有道目光一直跟着自己，若即若离，不时像蚊子似的叮一下就跑。

这让我稍感心神不宁，频频四下张望，却没在周围发现熟面孔。走到室内咖啡厅的时候，忽然有人扬手叫我，是媒体圈儿的几个朋友。 他们凭借采访证先进来，正凑在一起喝茶、讲八卦。 我坐过去喝了杯苏打水，和他们敷衍了一会儿，但目光仍在鱼贯而入的观众中徘徊。

"瞎寻摸什么呢？ 这儿没你熟人。"一个言语刻薄的秃子调笑道，"你那些'情儿'都在城乡接合部的小发廊里创汇呢。"

这帮人哈哈大笑，我也笑了。 片刻，演出开始，我来到前排坐下，专心聆听。 琴声一起，我就心无旁骛了。

大师与一位斯里兰卡钢琴家合作，演奏了贝多芬和圣-桑的奏鸣曲，然后又独奏了几段使他真正享誉全球、获得过格莱美奖的电影音乐。 压轴曲目当然是如泣如诉的《辛德勒的名单》。 一曲终了，掌声雷动，连那些装模作样的外行也被感染了。 前排的观众纷纷起立，后排的像人浪一样跟进，当帕尔曼坐着电动轮椅绕台一周，举起琴弓致意时，许多人干脆喊了起来。

在一片叫好声中，有一个声音格外凸显。 那是个颤抖的女声，比别人高了起码一个八度，连哭腔都拖出来了。 她用纯正的"欧式装×范儿"尖叫着：

"Bravo（好极了）！ Bravo！"

那声音就来自我的正后方，引得旁边的几个人回头张望。 我也不由得扭过身去，便看见了一张因为激动而扭曲的脸。 那是个三十上下的年轻女人，妆化得相当浓艳，耳朵上挂着亮闪闪的耳坠，围着一条色泽斑斓的卡地亚丝巾。 再加上她的下巴和两腮棱角分明，乍一看让人想起凯迪拉克汽车那奢华的商标。

初看之下，我并没有反应过来她是谁，直到她目光炯炯地盯着我时，我才蓦然回过神来。这不是陈金芳吗？

音乐会散场的时候，陈金芳已经在出口处等着我了。此时的她神色平复了下来，两手交叉在浅色西服套装的前襟，胳膊肘上挂着一只小号古驰坤包，显得端庄极了。虽然时隔多年不见，但她并未露出久别重逢的惊喜，只是浅笑着打量了我两眼。

"你也在这儿？"

"够巧的……"

说话间，她已经做了个"请"的手势，往大剧院正门外走去。我也只好挺胸抬头，尽量以"配得上她"的姿态跟上。出门以后她问我去哪儿，我说过会儿我老婆来接我。她看看表，表示接她的人也还没到，刚好可以找个地方聊聊。聊聊就聊聊吧，尽管我实在不知道能跟她聊点儿什么。

大剧院附近的茶室和咖啡馆都被刚散场的观众挤满了，我们步行了半站地铁的路程，才在劳动人民文化宫对面找到一家云南餐厅。走路的时候，她一直没跟我说话，高跟鞋坚定地踩着地面，回声从长安街一侧的红墙上反射回来。落座之后，她重新看了看我，然后才开口：

"你也变样了。"

"那肯定。 都十来年了，没变的那是妖精。"

"不过你还真不显老。"她抿嘴笑了，"一看就挺有福气，没操过什么心。"

"还真是，我一直吃着软饭呢。"

"别逗了。"

"你不信？ 那就权当我在逗吧。"我略为放松下来，恢复了固有的口气，同时点上支烟。

她又问我："现在还拉琴吗？"

"武功早废了。"

"过去那帮熟人呢，还有联系吗？"

"也没了。 他们看不起我，我也看不起他们。"

"这倒像你的风格。"她沉吟着说。

"我什么风格？"

"表面赖不叽叽的，其实骨子里傲着呢。"

这话说得我一激灵。 类似的评价，只有我老婆茉莉和几个至亲对我说过，没想到陈金芳对我也是这个印象。 要知道，我自打上大学以后就再没见过她呀。 我不禁认真地观察起这位初中同学来，而她则毫不避讳地与我对视，两条小臂横搭在桌子上，那架势简直像外交部的女发言人。

很明显，陈金芳在等着我向她发问，比如问问她这些年过得怎么样，曾经干过什么事儿，眼下又在忙什么之类的。 然而对于那些曾经生活在窘迫的境遇里，如今则彻头彻尾地改头换面的故人，我一贯不想给他们抒情言志的机会。 倒不是嫉妒这些人终于"混好了"，而是因为他们热衷表达的东西实在太过重复。无非是"忆往昔峥嵘岁月稠"的顾影自怜，外加点儿"敢教日月换新天"的豪情，就算把自己"煽"得一把鼻涕一把泪，也藏不住他们眉眼间那恶狠狠的扬眉吐气。只要看看《艺术人生》或者《致富经》之类的节目，你就会发现电视里全是这些玩意儿。

于是，我故意说："你现在不拿烙铁烫头了吧？"

她愕然了一下："你说的是什么时候的事儿了？"

"上学的时候呀。那可是个技术活儿，我记得你在很长时间里只剩一条眉毛了。"

出乎我的意料，陈金芳既宽厚又爽朗地笑了："你还记得呢？现在我也想起来了。后来我只好往眼眶上贴了块纱布，骗老师说是骑自行车摔的。"

她的反应让我很不好意思。那种失态的挑衅更印证了我的肤浅和狭隘，而此时的陈金芳则显得比我通达得多。接下来，我便不由得说出了自己原本不愿意说的话：

"你可真是大变样了……刚才我都不敢认你。"

"也就表面变了，其实还挺土的。"

"这你就是谦虚了，不知道自己在别人眼里已然惊为天人了吗？"我舔舔嘴唇，几乎在阿谀她了，"你究竟是怎么做到的？"

更加令我意外，陈金芳反而对自己避而不谈了。她简短地告诉我这两年"刚回北京"，正在做点儿"艺术投资方面"的事儿，然后就又把话题引回了我身上。 她问我住在哪儿，具体在什么地方上班，又感叹我把小提琴扔了"实在是太可惜了"。 我则被弄得越来越恍惚，也越来越没法把对面这个女人和多年前的那个陈金芳对上号。

我们有一搭无一搭地聊了许久，普洱茶第二次续水的时候，陈金芳的电话响了一声。 她看了看短信说："我得走了。"

我也欠身站起来："那回头再聊。"

我给她留了自己的电话，而她则递给我一张头衔相当繁复的名片。 我陪着她走到街上，看到路边停着一辆英菲尼迪越野车。 这两年有点儿钱的文化人或者有点儿文化的有钱人都喜欢买这种车，前不久还有一位大脸长发的音乐人因为醉驾被抓了典型，出事儿时开的就是这一款。 陈金芳走向副驾驶座的时候，已经有一个身材高挑、二十出头的男人下来为她打开了车门。 那小伙子穿着一件带网眼的紧绷T恤衫，遭受过膑刑的牛仔裤里露出两个瘦弱的膝盖，看上去倒像某个高级发廊的理发师傅。 他对陈金芳颔首，压根儿就没看我，重新发动汽车之后绝尘而去，气流搅得路边的落叶旋转着纷飞了起来。 夜风渐凉，再下两场雨，就要入秋了吧。

过了十几分钟，茉莉恰好也加完班，从国贸那边过来接我了。 回家的路上，她问我晚上的音乐会怎么样，我随口说"还成"。 我又问她今天忙不忙，她说："这不明摆着吗？"然后车里就陷入了沉默。 已经有很长时间了，我们之间没什么话可说。

借着立交桥上彩灯的光芒，我偷偷把陈金芳的名片拿出来看了一眼。刚才没有看清，现在才发现，她的名字也变了。陈金芳已经不叫陈金芳，而叫作陈予倩了。她的变化真可谓内外兼修呀。

2

我第一次见到陈金芳或云陈予倩，还是在上初二的时候。

那天刚下最后一节课，教室里乱糟糟的。大伙儿正准备回家，班主任忽然进来，宣布来了一位新同学。但我们往她身后张望时却空无一人。老师也有点儿诧异，又探头朝门外寻摸了一圈儿，喊道：

"你进来呀。在外面哨（愣）着干吗？"

这才从门外走进一个女孩来，个子很矮，踮着脚也到不了一米六，穿件老气横秋的格子夹克，脸上一边一块农村红。老师让她进行一下自我介绍，她只是发愣，三缄其口。老师只好亲自告诉大家她叫陈金芳，从湖北来，希望同学们对她多多帮助，搞好团结。

同学们随即一哄而散。在我们那所部队子弟学校，像陈金芳这样的转校生，基本上每年都能碰上个两三位。他们跟随家人进京，初来乍到时与这里的一切格格不入，好不容易熟悉了环境，跟周围人能说上话了，却往往又要离开。日子久了，我们这些"坐地虎"就学会了对这些学生视而不见。反正他们随时会从教室里消失，与其深交又有什么意义呢？交朋友也是要讲究成本的。

更何况这女孩一眼便知是从农村来的，长得又挺寒碜，不管从哪个方面说都非我族类。我们咋咋呼呼地从她身边涌过，就像绕开了一张桌子或一条板凳。班上的几个男生跑到操场打篮球，我则倚着篮球架子跟他们臭贫。自从一次打球戳伤手指，造成半个月不能练琴以后，我母亲就严禁我进行这种活动了。就这么消磨到夕阳开始下坠，半边操场都被染红了，我才拎上书包，跟朋友们打个招呼，往校门走去。

这时背后忽然传来一阵哄笑。我循着笑声回过头去，看见了陈金芳。她手上攥着一只印有"钾肥"字样的尼龙口袋，跟在我身后几米开外。当我前行的时候，她便迈着小碎步跟上来，当我站住，她也站住，支棱着肩膀，紧张地看着我。

面对陈金芳的亦步亦趋，我也有点儿不知所措。我本想呵斥她两声，让她离我远点儿，但又一想，那样可能会招来男生们更加夸张的起哄。于是我尽量让自己眼不见心不烦，加快速度回家。

20世纪90年代的北京，天空还相当通透，路上也没什么车。大部分机关职工都骑自行车上下班，前车筐里放着装满萝卜青菜的网兜，透着一股过小日子的家常味儿。我穿过当时的铁道兵大院儿，到长安街的延长线乘上 4 路公共汽车，经五棵松到达西翠路，下车后再往南步行十分钟，就能看见从小居住的那个家属院了。一路上，共有三尊毛主席塑像扬着手跟我打招呼。这天我的步伐格外快，还像个没规矩的坏小子似的挤到排队乘客的前面。看见院门口那几栋红砖板楼的时候，我的身上微微冒出了汗，而一回头，陈金芳仍跟在我身后。

我有点气急败坏地站住，等着她走近。陈金芳面无表情地朝我挪了几步，像直立的豚鼠似的两手捏着"钷肥"袋子，置于胸前。她突然对我开口："我们家也住这里。"

我"哦"了一声，她又补充道："我姐夫是许福龙。"

好一会儿，我才想起许福龙就是食堂里那个特会和面的胖子。他是山东人，靠着一手做面食的手艺，志愿兵期满之后又留在了我们院儿，而且还结了婚，把老婆也弄了过来。这么说来，陈金芳她姐我也见过，就是在窗口负责盛菜那位。那是个丰满的少妇，长着一对相当霸道的胸部，夏天不爱穿胸罩，两个乳头很显眼地从迷彩短袖衫里面凸出来。打饭的时候，我总听到后勤系统的人逗她：

"你的奶都要喷到饭盆里啦。"

遭受调戏的陈金芳她姐也混不吝，抢着勺子笑嘻嘻地和人打闹。由此可见许福龙两口子人缘不错。院儿里还有个段子，就是许福龙家里人口多，吃饭挑费（花费）高，许福龙便每天蒸出包子、花卷，先往肥大的军裤裤裆里塞上两斤，然后像鸭子一样火急火燎地跑回家里。天长日久，许福龙的生殖器相当于每天蒸一次桑拿，便被烫坏了，失灵了。这个段子的指向自然是陈金芳她姐，众人都认为她那胸部"可惜了"。而我面对陈金芳，却很想问问她，假如这个故事是真的，那么从裤裆里掏出来的热气腾腾的面食，他们又怎么能够吃得下去呢？

但这时候，陈金芳转头离开了。我家住在东边某栋红砖板楼的一层，她则要前往西围墙边上的那排平房。后勤系统雇用的临时工都被安置在了那里。

走之前，她还仿佛格外用力地盯了我一眼。

没想到，就在当天晚上，我又见到了陈金芳。那是在吃完晚饭之后，我父亲穿上军装去应付一个突然性的检查，母亲照例把我轰进自己的房间拉琴。到了初二时，我练习小提琴已经八年了，因为技艺进展飞快，在乐团工作的母亲已经不能再指导我了。为了不"耽误"我，她领着我在北京遍寻名师，并且替我做出了明确的规划，那就是先拿下几个重要的青少年比赛奖项，然后考进中央音乐学院。这个目标无疑需要旷日持久的苦练，我关上包了一圈隔音海绵的房门，站在窗前，将琴托架在磨出了一层薄薄的茧子的下巴上。

那天我练习的是柴可夫斯基的《D大调小提琴协奏曲》。1994年，大师帕尔曼首次来华，他热情地称赞过北京烤鸭之后，便在人民大会堂演奏了这首曲目，而那场演出的现场录音唱片已经被我听坏了好几张。此刻，头顶着被飞蛾搅乱的路灯灯光，我幻想自己就是坐在轮椅上的帕尔曼，而草坪上黝黑一片的颜色，则是如潮的观众们的头发和黑礼服。 只不过一转眼，这种臆想就被隔壁老太太跟儿媳妇吵架的声音打断了。

也就是这时，我在窗外一株杨树下看到了一个人影。 那人背手靠在树干上，因为身材单薄，在黑夜里好像贴上去的一层胶皮。 但我仍然辨别出那是陈金芳。 借着一辆顿挫着驶过的汽车灯光，我甚至能看清她脸上的"农村红"。 她静立着，纹丝不动，下巴上扬，用貌似倔强的姿势听我拉琴。

也不知是怎么想的，我推开了紧闭的窗子，也没跟她说话，继续拉起琴来。 地上的青草味儿迎面扑了进来，给我的幻觉，那味道就像从陈金芳的身上飘散出来的一样。 在此后的一个多小时中，她始终一动不动。

当我的演奏终于告一段落，思索着是不是向她隔窗喊话时，一个女人近乎凄厉的喊叫声从远处的夜色中直刺过来。那是她姐在叫她呢。 陈金芳嗖地一晃，人就不见了。

3

同学们是什么时候开始集体排斥陈金芳的？

她默默无闻地在我们班上耗了一年，尽管没交上任何朋友，却没像前两位借读生一样陡然消失，这已经算是个小小的奇迹了。 一度，她的座位曾经空了半个月之久，大家都认为再也不会见到她了，不过也没人觉得遗憾；但某一堂课开始时，她又赫然出现在了那里，仍旧沉默无语，老师一开讲，她就趴到桌子上睡觉。

学校里的课程，她从来就没跟上过。但学习差并不是陈金芳成为众矢之的的原因，大家另有理由。

理由之一，是她家什么都吃。说这个问题之前，得先介绍一下这家人的人口构成。除了陈金芳及其姐姐姐夫这三个固定成员，那两间小平房里还不定期地住过陈金芳的妈、舅舅、叔叔婶子、表哥表嫂等人。暂居者的面孔虽然常变常新，但总的来说有一条规律，就是许福龙一直生活在外戚当道的局面里。那些亲戚有的是来看病，有的是来找工作，还有的号称什么也不为，就是见到别人"进了北京"，自己也想来"看一看"。有那么一阵，我每天早晨上学的路上，都能看见一辆平板三轮从西平房的拐角驶出来。蹬车的是陈金芳的表哥，长着一个梨形脑袋，此人的前额被产钳夹得极其窄，窄得不到巴掌宽，头顶还被挤出了一个妙不可言的尖儿。车后坐着陈金芳的妈，她患有股骨头坏死，走路画圈儿；一旁跟着陈金芳的表嫂，作为梨形脑袋的妻子，此人脑袋的质量自然也不会太高，尽管形状无异，却有轻度痴呆的症状，爱流口水。这一支浩浩荡荡的队伍披星戴月，干的是收废品的营生。而这也是陈金芳家族在北京唯一能够立足的领域了，她的舅舅，一个仅有的看似聪明的亲戚，曾经雄心壮志地企图挺进代订火车票的市场，后来被一伙安徽人揍了一顿，连裤子都扒了，寒冬腊月里只穿一条秋裤，满脸是血地蜷在马路牙子上哆嗦。

关于陈金芳家人口之多之杂乱，还有一个很直观的说法，是我们班的班主任提供的。她装模作样地去家访过一次，回来感叹说："窗台上只有一只刷牙杯，里面插着七八柄牙刷。"

同学们诧异：这样一来，怎么能分清哪支牙刷是属于哪个人呢？如果他们家人不介意混用，又何必七八把？一把足矣。但陈金芳一家所要迫切解决的问题还不是刷牙，而是吃饭。在春夏之交，我们看见陈金芳她妈沿着院儿里干道上那排杨树走到头，再走到尾，一边画圈儿，一边往塑料兜里捡嫩杨花。院儿东头那棵半死不活的槐树，也被他们家人薅得够呛。那些年的八一湖还不是封闭公园，水势也大，夏天男生常常下湖游泳，这时却看见陈金芳和她姐、她表哥赤脚站在滩涂上捞小鱼、摸螺蛳，甚至用竹签子扎青蛙。

客观地说，以当时北京的生活条件，再怎么困难的家庭，大米白面总还是吃得饱的，再说他们家还背靠着食堂，还有许福龙的裤裆这个秘密武器呢。他们的自力更生，主要是为了丰富副食。再也许，他们在老家就有这个习惯，只不过带到北京来就显得突兀了。

院儿里上了岁数的人感叹说："三年困难时期，也就这个吃法儿了。"

更骇人听闻的一件事，是我们学校门口总游荡着一只交配过度，乳头耷拉到地上的野狗，这狗忽然有一天就不见了，而陈金芳家里却飘出了少有的肉香。

排斥陈金芳的理由之二，就直指她个人了。班上的女生恍然发现，原来她还是一个爱慕虚荣的人。这个迹象是逐渐显现出来的。最初，陈金芳一年四季的换洗衣服不超过三套，一件洗了另一件可能还没干，必须穿着湿的来上学。后来衣服就多了起来，基本上来自她姐，因此不是红配绿就是粉配紫，"怯"得要命。有一次，她居然穿了一件带垫肩的双排扣西服来上学，那衣服的下摆直垂到运动裤的膝盖上，简直像个唱戏的。这衣服还没穿够半天，她姐就风风火火地追到了学校，劈头给了陈金芳一个嘴巴，然后夺过西服出门办事。而陈金芳脸上印着几道红印，还若无其事地对旁边人解释说，她姐也准备"下海"了，准备开一个酒店。过了两个月，"酒店"还真开起来了，是菜市场旁边的一个小门脸，主营包子馄饨，一群菜贩子坐在露天条凳上吃。

陈金芳还是班上女生里第一个抹口红的，第一个打粉底的，第一个到批发市场小摊儿上穿耳孔的。后来我揶揄过她的烙铁烫头事件，也发生在初三那一年。那段时间，她简直把自己的脸当成了一片试验田，什么新鲜事物都敢往上招呼。她还穿过几天高跟鞋，那鞋不知是从谁家楼道里捡来的，一只鞋跟高，一只鞋跟矮，这导致她走路的时候也深一脚浅一脚的，好像被遗传了股骨头坏死。

在同学们之前，老师已经看不惯她了。"陈金芳啊陈金芳，"我们班主任说，"你们家那么个条件，还穷嘚瑟什么呀？"

孩子的态度要比大人极端得多，那几乎可以称得上是一场逐渐升级的斗争运动。 刚开始是班干部公然用"品质恶劣""忘本"之类的词汇斥责她，后来是女生对她翻白眼儿，喝来斥去，再往后居然发展到了动手的地步。 一些男生用跳绳抽她，用粉笔头掷她，还用扫帚把儿捅她的后脑勺。 干这些事儿的时候，大家都义正词严的，但作为旁观者，我必须证明，陈金芳并没有招过谁惹过谁。 时至今日，她每天在学校里说过的话都不超过十句。 而说起虚荣，谁又没这个毛病呢？ 哭着喊着胁迫父母用半个月的工资给自己买一双"耐克"球鞋的大有人在。

对于一个天生被视为低人一等的人，我们可以接受她的任何毛病，但就是不能接受她妄图变得和自己一样。

"你们院儿的陈金芳"，这是别人对我提起她时常用的称呼。 这么说的时候，他们挤眉弄眼，话里有话。 有两个跟我关系不错的女孩儿遗憾地表示："你呀你，怎么跟那人住一个院儿啊？"听她们的口气，陈金芳就是一块时时作痒的烂疮，谁要是跟她扯上关系，那可真是人生的大不幸。

我暗自庆幸，别人没有发现我和陈金芳之间的隐秘联系。 自从见面的第一天，我们就把"演奏者"和"听众"的身份固定了下来。 她会在晚上八点钟左右出现在我窗前的树下，我在拿起小提琴试音之前，也会望一望外面有没有那个痴痴愣愣的人影。 随着我的手上功夫变得越发纯熟，陈金芳的面目不清的身影也在发生着渐进的变化。 她的个头长高了，轮廓的弧线也有了明显的凸出和凹陷。 如果仅看剪影，任谁都会认为那是一个美好的、皎洁如月光的少女。 不知何时开始，我的演奏开始有了倾诉的意味，而那也是我拉琴拉得最有"人味儿"的一个时期。

试想一下，假如不是因为这点交情，我会不会也像其他学生一样欺负陈金芳，甚至因为她"是我们院儿的"而欺负得更狠呢？ 我可从来没在道德品质方面过高地信任过自己。

对于我的演奏，陈金芳当然无法做到每场必到。 他们家人多活儿多，下了学，她还得到食堂帮助许福龙扛面粉，或者把她妈收来的垃圾分门别类装进蛇皮袋。 最长的一次缺席，发生在初三的第二学期，当时陈金芳家里发生了一个挺大的变故：她在老家的父亲正在从鸡屁股里面往外掏鸡蛋，突然就一头扎在鸡窝里，没气儿了。 按照城里人的知识推测，可能是突发性脑溢血什么的，但是村里人不计较死因，只在乎结果。 他们描述，将死者拖出来时，脑袋上糊着厚厚的一层鸡屎，连头发都变成绿的了。 陈金芳的父亲去世以后，她母亲也只好放弃了对股骨头坏死的治疗，打算回家侍弄那几亩水田，而他们家的其他亲戚也深感居京城的不易，决定集体还乡。 就在这个时候，陈金芳却拒绝回去。 她坚决要求留在北京。

这个要求不仅遭到了她妈的反对，连她姐也不同意。 家里的田不能不要，活儿不能没人干，而眼下，陈金芳已经成了家里唯一的健康劳动力。从长远打算，母亲一定还指望着她结婚招婿，充当顶梁柱呢。况且，在姐姐姐夫这里寄人篱下，她又能有什么出路呢？留下来总不能马上到社会上去漂着，总得上学。但初中阶段属于义务教育，所以我们学校才不情不愿地接收了她这个借读生，而到了高中，别说学校不收她了，就是收，她也考不上呀。一个初中毕业生，在北京就和文盲一样的。

但是陈金芳听不进去。她像是吞了秤砣，铁了心了。家里人便开始围攻她、逼迫她，那些天里，西平房频频传来打、骂和砸东西的声音，那是一个人对抗一家人的战斗。也实在想象不出来，在学校里不吭不响的陈金芳，居然有着如此坚韧而泼辣的劲头。有一天我正打算练琴，邻居家的老太太过来还毛衣针，顺便拉着我母亲扯点儿闲话，三言两语就扯到了陈金芳身上。

"没见过那么狠的孩子。"消息灵通的老太太感慨地说，"都闹腾多少天了。他们家把她轰出去，她就窝在院儿里墙角睡觉……说是宁死不走。说来也是，外地人来了北京谁愿意走呀？在这儿受苦也比回家强……现在又打上了，窗户都砸了。"

我母亲假客气着敷衍几句，就关上了门，但我却不知为何坐不住了。那天白天，我还在学校看见了陈金芳，这时回想起来，她的脸和身上的确都格外脏，后背上还粘着黑乎乎的一块煤灰。 这大概就是露天睡墙角的结果吧。

　　我随意拉了一段练习曲，便独自开门出去。 母亲问我干吗去，我说擦琴弓的松香用完了，想到另一栋楼里一个练中提琴的孩子家借一块。 出了门，我沿着白杨树的林荫道一路向西，很快就看见了陈金芳一家人租住的那两间平房。 果然有块玻璃被打碎了，屋里的灯光像橘子汽水一样泼出来，同时还有他们家人七嘴八舌的喊叫。 因为激动，所有人说的都是湖北土话，我只能听懂个大概。 她妈说陈金芳"翅膀没硬就想飞"，还说她"忘本"；她姐的话更实际一点，表示已经供她吃、供她穿好几年了，以后不想再供下去，"不养吃闲饭的"。

　　陈金芳针锋相对地反击，指出自己一直都在干活儿，何来吃闲饭一说？ 又表示留在北京，她也不住姐姐家了，"死就让我死到街上，反正你们也不是没把我轰出去过"。 她越说越激动，同样的意思颠来倒去地重复了好几遍，最后干脆变成了尖厉的叫喊。 那简直是泣血的哀号，虽然站在远处，我只能看见她颤抖不休的身影，但我猜想，她的表情一定是目眦欲裂的，甚至仿佛从嘴里长出了獠牙。

　　她喊得最响的一句话，是用普通话说的："你们把我领到北京，为什么又让我走？ 为什么又让我走？"

　　这么喊的时候，她好像把体内所有的气一口喷出，随时都会晕倒在地。 而没过两秒钟，陈金芳就真的倒了。 她姐姐抄起了一个擀面杖，像在食堂抢勺子一样抢起来，划了个完整的弧线，落到陈金芳的天灵盖上。

打完之后，她姐也傻了，擀面杖扑棱掉到地上。门外两个看热闹的邻居叫起来："出人命啦！"而这时候，还是默不作声的许福龙比较冷静，他弯腰抱起陈金芳，撞开门，往医务室跑去。一大群人沸反盈天地经过时，我不由自主地往旁边让了两步，同时看见陈金芳在她姐夫胳膊上起伏的身体弧线，看见她的胸脯大幅度地隆起、下降。我还看见黑红色的黏稠的液体顺着她的脖子流下来，稀稀拉拉地洒在地上。

此后的两天，在上学的路上，我都能看到陈金芳洒在水泥路面上的血迹。那些血滴还算新鲜的时候，被清晨的阳光照耀得颇为灿烂，远看像是开了一串星星点点的花，是迎国庆时大院儿门口摆放的"串儿红"。没过多久，血就干涸污浊了，被蚂蚁啃掉了，被车轮带走了。而那起家庭暴力事件的后果，则是陈金芳终于留在了北京。她继续沉默着出现在学校里，被同学们排挤、欺负，也继续在暗夜里来到我窗下，听我拉琴。

但自始至终，我也没有隔窗与她说过一句话。

4

再后来，我们就毕业了。凭借小提琴这个特长，我被圆明园那边的一所重点中学招收，开始了平时住校，假期才回家的生活。作为"金帆乐团"的首席小提琴，我有了许多相当正式的演出机会，参加过和国外学校合办的音乐夏令营，还跟不少"科教文卫"系统的头头脑脑握过手。我与陈金芳那拉琴和听琴的关系自然就此终止。那就像一个无关紧要的秘密，转眼就被当事人忘得干干净净。

在此后的日子里，我们仅仅见过屈指可数的几面。

记得有一次见她，是在高一结束，快上高二的时候。当时我刚参加完暑期的"全国青少年音乐联展"，带着一身海腥味儿从青岛回来。连着游了几天泳，再加上刚下火车，我疲倦得很，经过大院儿斜对面那一排小卖部的时候，一不留神踢倒了两个立在马路牙子上的啤酒瓶。啤酒是半满的，洒了一地白沫，我赶紧弯腰把它们摆正，但为时已晚。两个穿着灯笼般的大肥裤子、脖子上挂着大串金属链子的野小子追了上来，他们骂骂咧咧地推搡我，问我"这事儿怎么办吧"。

那些孩子大都是从丰台来的，有的是职高的学生，还有的干脆辍学在家。很多次，我看见过他们把老实巴交的中学生堵在墙角，一边抽嘴巴一边搜兜儿，连人家脚上的球鞋也抢。对于我们这些"大院儿"里的孩子，他们仿佛怀有先天的仇恨，只要碰上落单的决不手软。我话也不敢说，只是一味心惊胆战地后退，而这时，一条刺满了文身、龙飞凤舞的胳膊已经搭到了我的小提琴琴匣上。

"拿来我看看。"那人笑着对我说，嘴里露出一颗缺了一半的门牙。

这人我见过，是个赫赫有名的痞子，因为门牙的原因，外号叫"豁子"。那几年里，附近的恶性案件似乎都跟这人有关。更让我害怕的是，他对我的琴产生了兴趣。那是一把德国仿制的"斯科拉迪瓦里"，是我母亲托了不少人才买到的。

琴匣被粗暴地从肩膀上拽下来，我赶紧把它抱在怀里，同时弯腰蹲了下去。这是宁可挨揍也不撒手的姿势，痞子们果然被我的态度激怒了。他们骂着脏话，揪着我的头发，过不了几秒钟，拳脚就会准确有力地落在我的脸上、肋骨上。

就在这个时候，头顶上有个女声响起来："你们丫撑的吧？"我保持着大便的姿势曲颈看去，望到了陈金芳的脸。

陈金芳穿着一双明黄色的塑料拖鞋，脚指甲都被涂成了艳红，它们星星点点地晃动，不知为何又让我想起了当初洒在水泥地上的血迹。再往上，是牛仔短裤下毕露无遗的大腿。她推开那两个小子，又把豁子拉开：

"算了算了。"

豁子似笑非笑地问她："你认识这孩子？"

"说不上认识。"陈金芳干脆地说，然后加上了一句，"不过他是我们院儿的。"

听到她这么说，豁子不知为何露出了乏味的表情。他点上一根烟，鄙夷地踢了我屁股一脚："滚蛋。"

我落荒而逃，连头都不敢回。跑到家里，心情渐渐平稳下来，我才开始诧异于陈金芳的巨大变化。让我诧异的倒不是陈金芳突然变得漂亮了，而是我当初从来没意识到她也是有可能漂亮的。 她涂了透明唇膏，打了眼影，还染了一头耀眼的黄发，这样的装扮令她的脸棱角分明，甚至具备了西方人的立体感。 她大面积暴露的肢体散发着蓬勃、咄咄逼人的肉感。 更大的变化发生在她的眼神和表情上，过去那种食草动物一般怯弱、忍辱负重的神态早已无影无踪，取而代之的是肆无忌惮的泼辣与轻佻。 再想起是这样一个陈金芳保护了我，我的耻辱感就更强烈了，那感觉比在音乐比赛上被技法更加纯熟的高手"盖"过去更加难以忍受。

当天晚上，院儿里的朋友在食堂的小灶为我接风。 听说了我的遭遇后，两个虚张声势的小"顽主"先是号称要"灭了丫豁子"，但没几句话就把话题转到陈金芳身上了。 在他们的描述中，陈金芳已经变成了一个著名的"圈子"，和公主坟往西一带大大小小的流氓都有过一腿。 那些人中年纪小的和我们同龄，年纪大的有四十多岁，是"文革"时期遗留下来的"老炮儿"。 她被豁子"带着"，也就是近两个月的事儿。 与这次转手相伴的，自然又是一场血案，豁子曾经趁夜奇袭过陈金芳上一个"傍尖儿"，用一头裹着布条的钢筋把人家的脚踝打碎了。

此时的陈金芳被塑造成了妖娆、轻浮的红颜祸水，同时还具有了莫大的传奇色彩。 朋友们眉飞色舞地议论她的时候，已经忘了就在一年前，他们还把她当成一个土包子踹来踹去。 她也早就不住在我们院儿的西平房了，而是被谁"带

"着"就大大方方地跟谁住到一起。这倒也实现了她当初对她姐姐说过的，"留在北京也不住你们家"的誓言。对于这个臭名昭著的妹妹，也不知她姐姐姐夫做何感想，也许他们管过陈金芳，但管不了，更也许，他们连管都懒得管。她姐的包子馄饨摊儿已经发展壮大，开始兼营给附近的小商铺送盒饭的业务，本来就忙得团团转。

在青岛那个啤酒之乡，我都没有偷偷从宿舍溜出去喝一杯，那天晚上却不知怎么就喝高了。朋友们还以为我遭到了欺负，还在闷头生气，便纷纷劝慰我说"君子报仇，十年不晚"。我没接他们的话茬儿，独自默默地回了家，坐在自己的床上，垂头看着窗外泻进来的斑驳的月光。

出了会儿神，我突然站起来，拿出琴来。我仍然有点儿晕眩，但竭力站稳双脚，让腰杆笔直，演奏了圣桑的《天鹅》。这是作曲家在1886年完成的《动物狂欢节》组曲中的一个段落，旋律凄美哀婉，叫人心碎。

如今想来，我颇为当时的自己感到不好意思：哪儿来的那一股子泛滥的纯情劲儿啊，简直像怡红公子一样，逮着个女的就能觍着脸对人家感时伤怀。我一边拉琴，一边抬眼望着窗外白杨树肃然的黑影，忧伤地寻觅着。我期待自己能像当初一样，发现陈金芳背手靠在树干上。如果这一幕出现的话，我会直视她早已大变的容貌，真诚地感受她浑身上下散发出来的少女的光彩。我还臆想着听我拉琴的时候，她那女流氓式的、满脸混不吝的表情也消失了，取而代之的则是一派沉静与专注……她的脸上甚至还会带着和我一样的忧伤。

可是很遗憾，那天晚上，陈金芳压根儿就没在我的窗外出现过。理性地想一想，她再也没必要来了啊。以豁子为首的那帮人刚刚向她拉开了新舞台的大幕，她不仅留在了北京，而且陡然意识到自己成了红人儿，晚上正是她忙得不亦乐乎的时候。我的朋友们声称在很多"上档次"的地方看见过她，比如说"民族饭店"旁边新开的那家韩国烤肉，再比如首体南路上的滚轴溜冰场，甚至还有崇文门外久负盛名的"马克西姆"餐厅。"带上"她之后，豁子还买了一辆二手的菲亚特"乌诺"轿车，这在当时的年轻人中，绝对称得上是石破天惊之举了。要知道，在20世纪90年代中后期，司局级干部才能坐上国家配备的老款"丰田"或者"尼桑"，而拥有一辆私家汽车，无论大小，都已经是典型的"成功人士"的标志了。

也就是说，变成了"圈子"的陈金芳再也不需要到我这儿来解闷了。我们演奏者和听众的关系就此宣告结束。想明白这一点之后，我终于停止了拉琴。我的心里突然涌上了被人抛弃的感觉，假如再矫情一点儿，我几乎要吟出一句"从此萧郎是路人"之类的屁话了。可是不得不承认，在此以前，我是从来没打心眼儿里看得起过陈金芳啊。如今人家不来了，我倒一厢情愿地煽起情来……我他妈什么玩意儿啊。

那也是我第一次意识到自己身上充满了虚伪的、专属于知识分子的恶劣脾性。 也怪了，从这个角度认清自己之后，先前的羞耻感反而消失了。 我几乎是如释重负地躺到床上，转眼就睡着了。

在那之后，我还见过几次陈金芳，都是在暑假或者寒假期间。 朋友们对于她的传言，有一些在我这儿得到了证实，有一些则存在出入。 比如说，豁子的确开了一辆"乌诺"轿车，带着她穿街过巷，但那车并不只是为了兜风而买的，他们还用它来拉货。 万寿路南边有一个小商品批发市场，豁子使出泼大粪、扔砖头等一系列青皮手段赶走了几个浙江人，接管了人家的摊位，陈金芳顺势又摇身一变，成了一个老板娘，专卖广东生产的便宜服装。 我到那市场去给谱架配螺丝时，曾看见她着装艳丽地端坐在摊位后面，豁子则满头大汗地跑进跑出，从停在门外的车里将鼓鼓囊囊的蛇皮袋扛进来。 此时此刻，他们的形象就不是流氓和"圈子"了，而是像极了一对勤勤恳恳的小买卖人。 尤其是陈金芳，她与顾客讨价还价时那副熟练、老到的口气，让人很难相信她连十八岁都不到。 只是在有人问起她本人身上穿的、质地明显精致得多的衣服"有没有货"时，轻佻傲慢的表情才会回到她脸上。

"想买这个呀，那得奔'燕莎'。"陈金芳翻了个小白眼说，同时对豁子扑哧一乐。

看起来，陈金芳对眼下的生活状态充满了死心塌地的热情。 按照这种趋势，她在此后几年、十几年中的轨迹几乎是可以想见的。 比起现如今，当年的经济环境明显要宽松、公平得多，更关键的是机会遍地都有，只要能吃苦会算计，没有什么"背景"的人也能混得丰衣足食，甚至还能发笔小财，一跃进入暴发户的行列。 陈金芳和豁子算不算得上情投意合谁也说不好，但起码，这俩人应该有一个共同点，就是都对金钱有着强烈的攫取欲；而在"兄妹开荒"的生涯里，他们的性格也会逐渐被磨砺得踏实、安稳。 尤其是豁子，不大不小地吃几次亏，就能让他学会收敛自己的流氓习性和暴脾气。 等到他们"姘"累了，会自然而然地结婚，繁殖后代，那时的豁子多半会梳上一个大背头，胳肢窝底下夹着真皮手包，整天忙活的事儿不是满嘴跑火车地谈生意，就是通宵达旦地打麻将；陈金芳呢，她的身体会发胖，她的皮肤和头发会一起变得干黄，她的手上脖子上还会戴个半斤八两的金首饰，她会满嘴脏话地骂丈夫骂孩子，但又随时随地琢磨着能为自家人占点儿什么便宜……

千万别认为我的这番形容有讽刺之嫌，告诉你，这就是那年头的男女"顽主"们浪子回头之后的典型形象。 这也是我作为一个同学，对陈金芳报以相当务实的祝福了。

可是无须展望多年以后，仅仅才过了不到两年，陈金芳就证明了我对她的预期是错误的。 与此同时，我还让我母亲对我的预期也落了空。 高中毕业后，我没有进入音乐学院，而是被迫改投了一所综合大学。 尽管我从小到大拿过厚厚的一摞获奖证书，却在最关键的"艺考"环节中被淘汰了。 主持考试的教授对我的评价是：技巧有余但缺乏灵感，如同一座过早发掘殆尽的贫矿，提升空间极其有限。他们断定我无论再怎么苦练，也不可能成为一个真正的演奏家，顶多作为一个娴熟的匠人在音乐圈儿里混日子。平心而论，这样的认识不可谓不客观，连我自己都心服口服。

也许是不忍心看到我那么多年的琴白练了，两个好心的老师还把我推荐给了普通高校的管弦乐团，为我换来了几十分的特长生加分。尽管最终拿到了烫金的录取通知书，但我的心情仍然颓丧极了，整个人沉浸在漫无边际的失败主义情绪之中。我对小提琴也迸发出了一种近乎生理性的厌恶，几乎一看见那玩意儿就想吐——这也是许多专业琴手改行之后的普遍反应。上大学之前的那个暑假，家人不爱搭理我，我也不想跟他们说话，整天不是把自己闷在屋里，就是骑着自行车在街上闲逛。我黑了一圈儿也瘦了一圈儿，骑车的时候也不抬头看路，而是低头盯着柏油路面上的斑点如蚂蚁迁徙般涌向身后。我还会恶狠狠地诅咒自己：让车撞死才好呢。

有那么一次，我骑着骑着，便真的撞上了什么东西。很遗憾也很庆幸，不是迎面而来的大卡车，而是前方的一辆三轮车。骑车那老头儿也没有嗔怪我，而是像掏自个儿裤裆那样捏着车闸，伸着脖子朝马路对面看热闹。

那里围了一圈儿人，尖厉的叫声不时响起。因为正在垂头丧气，我没心思看热闹，便想绕过那辆三轮车，继续漫无目的地游荡。但又一声女人的叫喊传来，令我像听到熟人的召唤一样，不由自主地扭头。我果然在人堆里看见了陈金芳。

她斜坐在地上，背对着一家门脸崭新的服装店，店面的两扇玻璃门上分别印着血红的大字，一边是"精品"，一边是"时尚"。阳光滑过红字照在她脸上，仿佛流得一头一脸都是血。而她脸上确实还附着着许多汁液，大概是眼泪、鼻涕和口水混合而成的。陈金芳捂着她的腰，大口地喘气，旁边的豁子却揪起她的头发，令她像某种水鸟一样伸着脖子仰面朝天，同时用脚狠狠地踩向她的小腹与胯骨，发出了扑扑的声音，很像在踩一只暖水袋。男人打女人本来就很刺激，何况是打一个蜜桃般的年轻姑娘，群众发出哄然的感慨，有人不凉不热地劝架，却没人真上来阻拦一下。而在挨打的过程中，陈金芳始终是一言不发的，她只是尖叫，嗷一声，又嗷一声。我突然想起来，过去遭到班上同学欺负时，她也是这个反应。她就像个一捏就响的橡胶娃娃，当疼痛转瞬即逝，她便会归于平静。

也不知是怎么了，血腾地充满了我的脑袋。我头晕眼花，四肢却几乎自主地运转了起来：下车，过马路，冲进人堆，照着豁子的肚子踹了一脚。我从来没有真正与人打过架，因此那一脚踹得很没威力，豁子条件反射地侧了下身，就轻易躲开了。但他还是不得不退开一步，与我对峙。我的表情一定是咬牙切齿的，心里却绝无英雄救美的豪迈气概，而是一片百草荒芜的颓丧。学琴不成、苦功尽废，对自己深深的失望在这一刻膨胀发酵，演变成了破罐子破摔的寻死欲望。 陈金芳被打成什么样我才不管呢，我的真实念头，竟然是想借助豁子的手，让他一刀把自己捅了。

我的出现登时让旁观者们"哦"了一声，我猜，他们中的许多人一定把思路往情感纠纷上引了：俩小伙子为了个"圈子"当街动手，多么俗套又多么让人激动。 而豁子果然挺配合我的想法，他嘟囔了一句"你丫作死吧"，眼眶里流出空洞的、狼一般的光来。 他的右手则缓缓地向牛仔短裤的屁股兜儿摸过去。 这种人出门都是随身带刀的。 从他的眼里，我仿佛已经看到了自己的下场：血溅五步，像狗一样趴在水泥地上，四肢间或抽一下筋。 这副耻辱的样子是多么适合给虚无的、没有意义的人生画上句号啊，十八岁的我盖棺论定地想。 我的两腿开始打战，括约肌几乎失灵，费了好大劲儿才没让自己当众尿出来。 这不是因为我怕死，而是我正在准备受死。

但只一转眼的工夫，那让人血脉沸腾、灵魂出窍的时刻就结束了。 豁子插在屁股兜儿里的手刚掏出来，便被一个匆匆赶来的警察攥住。 警察熟练地使了个绊儿，把他按倒在地，手反剪在背后上了铐子，然后一边擦汗，一边公事公办地询问怎么回事儿。

群众七嘴八舌，半天也没讲出个头绪。 而此时，豁子却一反常态，露出近乎委屈的表情来。 他撅着屁股，脸被按在水泥地上，斜着眼睛看向陈金芳，缺了个口儿的门牙发出嘶嘶的哨音来。

"你是不是不想过了……"他挣扎着对她说，口气与其说是质问，倒不如说像是哀求，"你还有什么不知足的？"

陈金芳呢，她仍沉默不语。她的手还捂在小腹与胯骨的交界处，但表情是淡漠的，近乎凛然。面对豁子被挤得变形的脸，她的眼神如同在看一个陌生人。无论是警察还是围观的人，都竖着耳朵等她说点儿什么，但陈金芳始终没开口。她就那么坐着，仿佛出神入定了。

"你还有什么不知足的？"豁子又叫唤了一声。

警察倒是一副见多识广的样子，他嗤笑一声，拽起豁子，塞进由微型面包车改装成的110巡逻车："甭搁这儿散德行了，有话到所里交代去吧——那女的，你也得去。"

陈金芳便顺从地站起来，却没走向巡逻车，而是一瘸一拐地往店门里走去。这时警察又把注意力转向了我："有你事儿没有？"

我还没说话，陈金芳头也不回地甩过来一句："没他事儿。"

"哦，那你算见义勇为的？见义勇为也得讲究方式方法是不是？"警察晃了晃从豁子那儿缴获的三棱匕首，换了种推心置腹的口气对我说，"听我一句话，国家少了你照转，你们家少了你——不行。"

然后他拍拍我的肩膀，让我哪儿来的回哪儿去，"就没工夫给你写表扬信了"。在众人的注视下，我仍浑浑噩噩，却没离开，而是跟在陈金芳的身后，拐进了店面。 这是个新开的服装店，刚装修好，地砖的缝隙还勾着白边儿，不锈钢衣架上空空荡荡的，尚未来得及罗列任何商品。 店面后面，有个简易的卫生间，陈金芳缓缓走到带镜子的洗手池前，仔细地梳洗。 她拿毛巾把脸上的各种汁液擦拭干净，又长久地凝视镜子里的自己。 站在她背后，我看见她眼眶和颧骨上泛起的大块瘀青，也看见她正透过镜子看着我。

毫无预料地，陈金芳转过身来，像鸟一样张开双臂。 我便如同受到了什么神秘的召唤，一头扎过去和她拥抱。 论个头儿，我已经比她高出不少，但身体却不知不觉地越陷越低，直到单腿跪着，脸埋在她的胸前。 在摩挲的过程中，我感到她已经膨胀得相当可观的胸脯反复蹭着我的面颊、耳朵。 我把它们挤得变形，它们则让我险些窒息。 这还是我有生以来头一次与女性如此密切地肌肤相亲呢，那种气息和质感只在我的春梦里出现过。 但是此时此刻，我却毫无邪念，就连少男下意识的血脉偾张也没有发生。 我心里很清楚，这是一个失意人和另一个失意人的拥抱。 陈金芳散发着近乎母性的慈爱，而我则想要从她那儿得到安慰。 我希望有一个人和声细语地对我说：没关系，你所经历的都是小事儿，不妨碍世界照转生活照过……然而没人说话。 我只能箍起臂膊，把陈金芳的腰越勒越紧。

和她相拥的时候，我是不是没出息地哭了，蹭了她一前襟的鼻涕眼泪？ 这个细节我是真忘了。 但陈金芳的气味和触感却像吱吱冒烟的烙铁，在我的感官中留下了真切、不可磨灭的记号。

过了些日子，我顺理成章地到大学报了到。我父母大概认可了我这辈子必将沦为一个庸人的前景，从此对我的事儿不闻不问，我呢，更是年纪轻轻便开始学习着用混吃等死的心态应对生活，并且成效斐然。因为脾气出奇地随和，谈吐又不令人生厌，我在脂粉堆里相当如鱼得水，很快就交上了固定的和不固定的女朋友。记得第一次和女孩在路灯底下拥吻时，那姑娘突然推开我，认真地问：

"你以前没和别人这样过吧？"

我居然无言以对。这让她失望极了，那副表情简直像美国宇航员阿姆斯特朗跨出"人类的一大步"后，蓦然看到月球上插着苏联国旗。再往后我就学精了。当外语系的系花茉莉问出类似的话时，我先考虑了一下自己是否真的爱上了她，得到肯定的答案后，我笃定地说：

"当然没有。一直守身如玉地等着你呢！"

"骗人吧你。"茉莉既欣喜又羞涩地埋下了头。啊，原来她们在乎的只是一个态度。

在此情此景中，我会不可遏制地想到陈金芳。这时我陡然意识到，以前把她视为无关紧要的陌路人，这是在骗自己呢。陈金芳变成了我记忆中诡异的存在，她不是我的初恋，却又恍若初恋，她没跟我说过几句完整的话，却又是我绝无仅有的倾诉对象。这样的关系，从她第一次站在我窗外听琴的时候，就埋下了种子。然而现在琴已经被我束之高阁，陈金芳也不知去向了。

周末从大学回家的时候，我曾经专门去过最后一次见到陈金芳的那条街。街道没怎么变样，但服装店的店门已经紧闭，挂着小孩儿手腕粗的链子锁，张贴着转租广告。许福龙倒是又在我们院儿的食堂干了两年，陈金芳她姐的馄饨摊儿则因为卫生不达标被取缔了。后来，这对夫妻也离开了北京，据说是回老家继续开饭馆了。至此，陈金芳和她的家人像是电线杆子上贴的小广告，拿高压水枪一冲，转眼就不留痕迹。对于北京这座城市而言，这也是大多数外来者的命运吧。

曾经"带着"陈金芳的豁子，倒是与我有过一次不期而遇。那是在我大学刚刚毕业的 2002 年，帕尔曼第二次来华，他先在上海音乐学院开设了为期三周的"音乐大师班"，然后在北京举办名为"贝多芬之夜"的专场演出。因为小提琴已经成了我的心病，那次演出我本来不想去听，但又恰恰因为心病，开演当天，我便开始坐卧不安。踌躇良久，我最终还是坐车赶往人民大会堂。这时票已售罄，各路神仙正飘然入场，一队蛮横又神秘的豪华汽车直接堵住了会场入口，穿黑西服的警卫簇拥着一个打扮得像绣球似的胖老太太走出来，并厉声呵斥记者：

"别瞎拍！"

我在台阶下的小广场上晃悠着，想等黄牛上来搭讪。几分钟以后，果然有一个男人凑过来，像电影里的特务接头一般掀开夹克衫的一角："要票吗？"

"多少钱？"

"八百。"

"没那么多钱。"我说。 这是实话，那时候我刚到一家国有事业单位上班，工资少得可怜，几乎每个月底都得到父母那儿蹭吃蹭喝。

那人转身就走，同时轻蔑地骂了一句："操，没钱到这儿干吗来了？"

正是这个"操"，让我留意起这个在黑暗中面目不清的票贩子来。 他的上舌音发得很不标准，听起来好像是漏气了。 我跟上两步，借着一辆汽车的灯光，果然看清了豁子门牙上的那个洞。

他也认出了我，愣了一下："你还好这口儿呢？"

我点点头，同时恍惚感到自己和他之间还有什么事儿没"了"。 他不会再续前缘地捅我一刀吧？ 豁子却咧开嘴，近乎灿然地笑了，然后以亲热的口气跟我谈起生意来。 他表示，看在"过去在一片儿混"的情分上，可以五百块钱把票转给我。

"这票我弄来也费劲，还得到'中央院'找人去。"

但这个价格也超过了我的承受能力。 我拒绝了他，索然地点上颗烟，望着远处影影绰绰的人民英雄纪念碑发呆。

又过了一会儿，演出正式开始了，广场上的人群稀拉了许多。 豁子兜售了一圈儿，票仍没出手，便又绕回到我面前：

"一口价，二百。 你还能听上上半场。"

我兜里的钱恰好还剩二百多。 但这时我却改了主意："算了。"

"别再往下砍了，这票进价就得二百。"他抬手看了看表，焦急地说。

我还没有答复他，却望见大会堂的工作人员已经在关闭正门了。 十五分钟的最后入场期限到了，豁子的票彻底砸手里了。 他的两个嘴角滑稽地撇了下去，既像哭又像笑，却什么也没说，垂头丧气地转身离开。

我却追上去，邀请他找地儿喝一杯。 豁子诧异了一下，随后和我乘公交车来到西单电报大楼侧面的一家酒吧。 两杯啤酒下肚，他的情绪好了起来，话又碎又密。 我们聊到了过去"那一片儿"的几桩神人神事儿，发现共同认识的人还真不少。 显而易见，豁子如今混得不怎么样，掏出来的烟已经不是"万宝路"，而是两块五的"都宝"了。 他在追溯自己当年是如何挥斥方遒时，透出一种滑稽的英雄迟暮的气息。随着生活越发光怪陆离，那一代"顽主"的好日子终于过去了。 而我则看准时机，把话题引到陈金芳身上。

"当初为了个'婆子'差点儿跟你翻脸……用你们的话说，这就叫老鼠操猫×吧？"

"你跟她很熟？"

"真就是同学，在班上几乎不说话。你掏刀子的时候我差点儿都尿了。"

豁子爽朗地摆了摆手："没必要害怕，其实我也是外强中干，就想吓唬吓唬你……再说后来警察不是来了吗？"

说到陈金芳的时候，豁子倒是心态平和。他歪着脑袋思考了半天，最后下了这样一个结论："这女的，最大的优点就是——活儿好。"

"我没体验过……"

"那挺遗憾的。我前面'带'过她的那几个人也这么说。"

至于其他方面，豁子对陈金芳其人的评价基本是负面的。他认为她没见识、上不了台面儿，脑子也笨，甚至还不讲卫生，"为了把丫身上的泥儿搓干净，那阵儿没少买老丝瓜"。他还后悔拿出本金来让陈金芳做服装生意，那买卖看似红火兴旺，实则由于不善经营，很快就赔了个底儿掉。而陈金芳呢，丝毫没为俩人的生计考虑过，手头已经很紧了，却还一个劲儿地逛商场、吃西餐，每逢北京有小剧场话剧、音乐会之类的演出，都会死磨硬泡地让豁子给她买票。他如今干的这生计，就是当年蹚出来的路子。

"她整个儿一傻×。刚进城的山炮儿我见多了，但就是没见过这么急吼吼地想要变成贵族的。"豁子越说越激动，索性既厌恶又懊恼地骂起街来，"我那时候真是色迷心窍，为了她跟老家儿都闹掰了，我妈干脆搬到我舅舅家住去了……

就这样丫还不知足呢，后来居然偷偷把店里所有的钱都拿出去，说是想买钢琴。我实在寒了心了，索性抽了她一顿，让她滚蛋……你那时候也够没眼力见儿的，上来就跟我爹翅子，现在你评评理，那事儿换你你不跟她急？"

我莫名其妙地一激灵："你说她要买什么？"

"操，钢琴。"豁子门牙漏气儿地说，"也不知道她在哪儿认识了个乐团退下来的辅导老师，人家说她手长适合学乐器，她就死活非要买那玩意儿。当时我们刚刚把摊儿盘出去，租了个门脸房，手里就剩两万多块钱准备到广东上货呢。我刚开始也好好劝她来着，我说就算你真喜欢'音药'你能保证自己变成钢琴家靠它吃饭吗？顶多是一业余爱好，想买也得等挣了钱再说呀。可她就是不听，跟疯了似的，我把钱锁抽屉里她愣拿改锥撬开了……说实话，我到现在都不明白这人脑子里想的到底是什么……"

至此，我总算知道了豁子当街暴打陈金芳的前因后果。实话实说，仅论这桩事情，大部分人都能体会到豁子的委屈和苦衷。他浪子回头，对陈金芳仁至义尽，这样的故事简直像是从 20 世纪 90 年代的香港烂片儿里扒出来的——可惜遇人不淑，满腔热血奉献给了一条欲壑难填的白眼儿狼。但再想到陈金芳，我固然不能否认虚荣、肤浅这些基于公序良俗的判断，但仍然感到了一股难以言明的悲凉。她曾经像孤魂野鬼一样站在我窗外听琴，好不容易留在了北京，却又因为一架钢琴重新变成了孤魂野鬼。滑稽的是，力劝陈金芳买钢琴的那位"辅导老师"，我也是认识的。 那人水平其实还算可以，给不少小有名气的美声歌手当过伴奏，只不过说话办事完全像个神棍。 他有个副业，是充当一家日本琴行的"顾问"，说白了就是推销雅马哈钢琴，为了那点儿提成，每当遇上傻乎乎的妇女儿童，他都会摩挲着人家的手惊叹：

"这跨度，这力度，不弹钢琴就是暴殄天物。"

我自然还联想到了自己学习音乐的经历。 与陈金芳相反，我自打懂事儿起，就被家人往脖子上安了一把昂贵的小提琴。 我没有过选择爱好的权利，因此感受到了和陈金芳相同的、孤魂野鬼一般的寂寥。 最戏剧性的，莫过于我们两人的结局：无论幸运与否，到头来都与音乐无缘。 这么想来，当年我们那演奏者和听众的关系，又是多么的虚妄啊，虚妄得根本就不应该发生才好。

我那天晚上喝得酩酊大醉，自己的钱花光了，又揪着豁子的脖领子，抢了他的钱包继续买酒。 豁子也喝高了，他嘴里吹着哨儿，把作废的帕尔曼音乐会门票掏出来，用打火机点着，和我对火儿抽了根烟。 火苗把酒吧老板吓了一跳，他果断地把我们轰了出去。 出了门，豁子犹在搂着我的肩膀抒情，含混不清地说"你这个朋友我交晚了"，我则把他甩在马路牙子上，头也不回地走了。

自从那次见过豁子，陈金芳在我的生活中便彻底断了音信。 我到底没弄清她去了哪儿，也不再关心她去了哪儿。 没想到，当我把她遗忘之后，陈金芳却又回来了。

5

在帕尔曼第三次来华的音乐会上偶遇后，我和陈金芳并没有马上建立起联系来。原因很简单，我本人陷入了前所未有的意志消沉。我离婚了。

离婚的责任当然在我，对于这一点，我从不讳言。经过多年的自我培养，我终于变成了一个彻头彻尾的混子。大学凑合着毕业以后，我父母对我尽了最后一次心，把我塞进了一家旱涝保收的国家单位，但只干了一年多，我就辞了职。打着"献身艺术"的旗号，我一边写着电影评论，一边做起了小剧场戏剧策划。在文化产业虚假繁荣的大背景下，我的几个创意还真被搬上了舞台，但很快，我就发现自己不是那块料。更要命的是，我跟几个编剧导演合股创办的那家皮包公司转眼就真的只剩了一只皮包，包里装着几部胎死腹中的剧本，此外还有一把欠条和两张法院传票。吃完散伙饭，我回到家，醉眼蒙眬地问我老婆茉莉：

"你在那个外企到底混得怎么样？"

结婚以后，这是我第一次打听她的收入，听到的数字差点儿把我鼻子气歪了——早知道守着这么个金矿，我还出去瞎折腾什么呀。进而，我潇洒地宣布：

"那我可开始吃软饭了啊。"

茉莉真是个侠骨柔肠的好姑娘。当初要跟我结婚的时候，他们家人就不同意，可她被猪油蒙了心，愣是谎称怀孕跟我把证儿领了。 我辞职"搞文化"那阵，整天跟她云山雾罩地吹牛，而她却从来没跟我说过她早已经被提到了高级职员的位置。 这是在照顾我那脆弱的自尊心呢。 再后来，我连自尊都不要了，索性赖在家里吃她的喝她的，她也没表示过什么怨言。

"你这个人唯一的缺点，就是太不催人奋进了。"我曾经厚颜无耻地这样评价她。

她给我的回答则是："那你呢，如果说还剩一个优点的话，那就是特别惹人心疼。"

我一想，她说得还真对。 在我们那不长的婚姻生活中，她一直充当着半个老婆半个妈的角色，从身体到心灵全方位地呵护着我。 不过人的忍耐力终究是有限度的，有一天，她犹豫地告诉我，那家跨国公司把她送进了美国的商学院，毕业之后将转到洛杉矶去工作。

我叹了口气，对她说："那我就不拖你的后腿了。"

茉莉哭了，执意把存款都留给我。 她的钱我本来没脸再要了，可她却说："如果你不要，那就是你甩了我而不是我甩了你了。 我是女的，我更需要自尊。"

我只好顺坡下驴："嗯，那我就让你甩一次吧。"

我那早已像破抹布一样的自尊，居然卖出了如此丰厚的"包圆价"。 离婚的事宜处理得非常快，我把茉莉送到机场，心平气和地勉励她："祖国人民盼着你争光呢。"而把这事儿通知我父母后，他们的态度居然是基于恨铁不成钢的幸灾乐祸。

"活该，"我父亲痛快地说，"谁跟你过谁受罪，我坚决支持茉莉休了你。要搁三十年前，我还到居委会把你当盲流举报了呢。"

然后他们就把海南的房子装修好，到那边老有所乐去了。所幸，在一片众叛亲离中，和我臭味相投的大学同学 b 哥收留了我，将我聘为他控股的一份画报的"文化版副主任"。凭借这个施舍来的闲职和前老婆留下的积蓄，我的生计总算有了着落，而因为无人约束，我索性过上了昼夜颠倒的放纵生活。那一阵子，我成了好几个糜烂圈子里的"常委"，哪怕不是圈儿内的饭局，只要能拐弯抹角扯上点儿关系我也踊跃参加——坐下就开始灌自己，喝好了便天南海北地插科打诨。久而久之，我落下了个"散仙儿"的称号，半熟不熟的酒肉朋友如同过江之鲫。付出了酒精肝和大脑轻度缺氧的代价后，我终于成功地克服了那如影随形、让人几乎想要自杀的抑郁。

2012 年刚入冬，一位小有名气的画家在"798 艺术区"开办个人展览，凑了大批闲人前去捧场，也给我打了电话。这人的画风就像他的经历一样复杂多变：最早是宏大题材油画，入选过好几个省宣传部的"重点扶持名单"；后来山东那边的官场盛行拿国画送礼，他就现学了半年"大写意"，牡丹花倒也画得雍容富贵；这两年大量游资涌向当代艺术领域，他又笔锋一转，创立了"立体现实主义的政治波普"这个流派——代表作是发廊小姐光着屁股学"×××语录"，点睛之笔在于画中人的阴毛不是画的，而是不知从哪儿找了一撮真毛粘上去的。

"芬兰伏特加管够，糊弄完那帮人傻钱多的老帽儿，咱们在院子里铜锅涮鲍鱼。"画家热诚地撺掇我。

我打了个哈哈："就怕喝高了被你雁过拔毛。"

"放心，有女眷就不会用臭男人的毛。我可是如假包换的现实主义画家。"

我粗野地与其对笑，挂了电话出门。天色阴沉，太阳在鸡蛋壳似的云层后面透出些微光来，半空中飘洒着零零星星的雪花。车开到东四环上，恰好碰上某国主子携娘娘访华，警察封路造成了大范围拥堵，当我好容易蹭到画展现场，那个废弃厂房里已经挤满了秃子、大胡子和冷天里混不吝地穿着旗袍的女人，众人像反刍的偶蹄动物一样来回踱步，煞有介事地交头接耳。

"盛况空前吧？"画家踌躇满志地搂着我的肩膀，给了我一个俄罗斯式的熊抱。

"嗯，大家装×都装得很在状态，就不需要我再煽风点火了。"

"报道也不用你写，美院俩学生会把通稿发给你。"他塞给我一只酒杯，把我引到休息区："留点儿量别喝高了，一会儿还有几位有分量的人要来呢。"

我靠在沙发上，和几个点头之交的"画评家"聊着天，不知不觉混到了天黑。 这时，展区的普通观众已经基本散去，画家也接受完了采访，却仍庄重地站在门口，片刻从外面迎进一小队人来。

这就是所谓"有分量的人"了。 领头那个我在新闻里见过，是个什么协会的副主席，他身后跟着的，则是几个艺术品投资商和画廊老板。 在队尾，我赫然看见了陈金芳。 她今天穿着一件纯白的雪貂短大衣，头发像宋氏三姐妹似的在脑后绾了个鬏儿，正热络地和一个核桃般满脸皱纹的男人聊天。 上次开车接她那个小伙子侍立在陈金芳身后，眼馋似的东张西望。

我站起来，对她扬扬手。 陈金芳却对再次偶遇并不吃惊，她对我笑笑，继续与人说话。 画家忙前忙后地招呼这群人，又开了两瓶"正宗的波尔多"。 看画的过程中，一旦谁提出什么问题，他立刻会出现在那人身旁，详尽地解释自己的"创作动机"。 一时间倒好像在七仙女中使了分身法的猢狲。

要客并不久留，副主席祝贺完画展圆满成功，就带着秘书翩然离去了。 投资商们预订了几幅并不贵的作品，也集体告辞。 只有陈金芳没走，她说自己公司恰好没事儿，回去路又堵，索性留下来蹭饭。

画家豪迈地挥手招呼工作人员："摆桌，支锅子。"

晚宴是在厂房一侧搭建的玻璃棚子里举行的，四面都是一片飘飘荡荡的雪景，大马力的空调暖风却让女客们脱了外衣，露出白晃晃的脖子，视觉效果相当奇异。有个风雅之士掉书袋，说《儒林外史》里也有异曲同工的赏雪亭。我端着酒杯坐在一只铜锅对面，陈金芳也凑了过来。她从包里拿出化妆镜，审视了一下自己的容貌，我给她倒了小半杯红酒。

这时她才跟我说话，上来就是嗔怪："你怎么也不跟我联系呀。"

"知道你现在是忙人。"

陈金芳嘟着嘴，攥起拳头打了我一下："你这人最没劲了，不就是不爱理我嘛。"

看到她跟我一派烂熟的模样，旁人不免对我有了几分艳羡。画家来到我们身后，搂着我们的肩膀往一块儿挤："你们以前认识啊？怎么也不告诉我？"

"……多少年的交情了。"我含糊着搪塞。陈金芳则面无表情地给自己夹着醋拌裙带菜。

"那我就省事儿了。"画家用力拍着我说，"替我照顾好她。要是人家有什么不满意，我拿你是问。"

话虽这么说，吃起来之后，画家还是殷勤得紧，屡次三番绕回来向陈金芳敬酒，并要求她一定要尝尝听音乐长大的雪花肥牛："嚼没嚼出勃拉姆斯的味儿？"他的举动很好理解：即使不是作为席间仅存的"要客"，陈金芳也称得上在场女性中最出彩的一个了。她不疏不密地笑着，坦然接受主人的恭维，显得仪态万方。

我有点儿坐不住了，站起来要给画家腾地儿："要不咱俩换换，你坐我这儿？"

陈金芳马上拽了拽我的袖子："咱们还有好多话没说呢。"

对面的两个人挤对画家"不识趣儿"，弄得他有点儿尴尬。陈金芳便主动跟画家碰了下杯，宣布自己已经跟柏林的一个基金会达成了合作意向，准备把中国"有创造性的"艺术家集体打包，推出去一批，名单上一定会有他的名字；假以时日，海外画展也是水到渠成的了。画家正忙不迭地表示自己"也不是那么在乎虚名"，陈金芳又随意指了指那个跟着她来的小伙子：

"这是胡马尼，虽然没上过美院，但是一个挺有才华的民间画家。现在他在我那儿帮点儿忙，以后还请你多提携。"

"名字挺有意思，"画家跟小伙子握手，"异族？"

"不不，艺名。"胡马尼双手递上名片。

他们寒暄的时候，陈金芳又扯着我嘀咕起来："这人你觉得怎么样？"

我瞥了瞥画家："你说的是人还是作品？"

"假如把人当成作品包装一下呢，唬不唬得住人？"

"没准儿吧……不过像这样的，宋庄那边一抓一大把，价钱都比他低。你要真签了他，最好让他再多说点儿过激言论，外国人喜欢这个调调。"

"那自然，在国内被禁了才好呢。"陈金芳很内行地与我相视而笑，再往下聊开去，口气就真像是贴心贴肺的"自己人"了。 她说她刚转行做"艺术品"这个行当，虽然颇受几个半官方行会头目的赏识，但毕竟在圈子内人脉还不够熟。 我说可以帮她介绍一些人，提了几个名字，果然让她大感兴趣。 然后她又拉着我去给桌面上的其他人敬酒，倒把胡马尼撂在了一边。 几杯下肚，我也孟浪起来，说了几个半荤不素的笑话，逗得那群人直拍桌子。

一顿饭吃完，已经近夜。 雪下得越发大了，外面路灯下的空地亮如白昼。 我果然喝多了，不能开车回去。 打电话叫代驾，人家嫌天气不好不愿意来。 画家劝我索性在展厅楼上的办公室凑合一夜算了，陈金芳却有个提议：她开我的车送我回去，胡马尼再开着她的车到我家门口接她。 我说太麻烦了没必要，她却不由分说地从我手里抓过了车钥匙。

一行人出门上车。 胡马尼钻进那辆"英菲尼迪"时，我分明看到他向我投来气鼓鼓的眼神。 这让我有点儿惴惴的：谁知道那小伙子跟陈金芳是什么关系呢？ 每次都看见他们出双入对的。 于是我对陈金芳说：

"不合适吧？ 那么使唤人家。"

"你说谁？ 那孩子？"陈金芳说，"不使唤他使唤谁呀——他以为他是谁呀，一天到晚地不知天高地厚。"

我倒不知道胡马尼到底怎么"不知天高地厚"了，却明白，就像陈金芳过去的生活我不便再提，她如今的状况我也没必要多问。 但是不问过去也不问现在，我和陈金芳眼下的这种熟稔，就像是无凭无据的空中楼阁了。我有点索然，把车窗打开条缝，呼吸了两口新鲜、刺激的空气。她的技术显然不大应付得了雪地，再加上我那辆咯吱乱响的雪佛兰很不好开，因此刚开始并没什么话，只是瞪着眼谨慎驾车。但没过一会儿，车驶上紧急撒了一层融雪剂的环路，陈金芳便开始喋喋不休地独白起来了。

我很难抓住陈金芳的谈话思路，那几乎就是杂乱无章的呓语，跳跃得堪比风行一时的"意识流写作"：上一句还在抒发她在事业上的雄心壮志，下一句就开始说她喜欢某家餐厅的装潢。对我的态度呢，也一会儿是孩子气的亲热，一会儿又变成混杂着傲慢的满不在乎了。总之颇让人有错乱感。但比之过去，她已经不再是一个内向的人了，而是变得很热衷于自我表达，并且对自己的生活相当满意。

就这么她说我听，车子开到了公主坟西边那个大院门口。离婚以后，我就搬回了父母的旧房子。陈金芳说："你还住这儿？"

"对，没怎么离开过。"

她忽然沉默了，门岗放行后缓缓开了进去。老家属院早已车满为患，连便道上都停得密密麻麻，我指挥她把车子横在了一块斑秃的草地上，然后立起领子，将她送出院门。

走过尚未拆建翻新的食堂时，陈金芳凝望了两眼，感叹道："都多久没回来了。"这自然让我想起了她姐和许福龙。然后，她又扭头往西望去，找了找过去那片衰败、杂乱的平房，可惜未果——"西平房"在几年前就被拆除了，如今变成了一栋租给保龄球馆和歌舞厅的综合性建筑。

"你可真是锦衣夜行了。"走回院门口，我低头看着她那亮得夺目的雪貂皮大衣，一半恭维一半取笑地说。

陈金芳一笑："说得跟我多想显摆什么似的。"这时胡马尼已经把车停在路边候着了，他正敞着窗子抽烟，也不嫌冷。陈金芳上了车，突然又探出头来，向我做了个打电话的手势："你要不愿意找我，我可找你了啊。"

我挥手和她作别，慢慢往回走去。晚上喝的酒有点儿上头，我的太阳穴一跳一跳地疼，脚踩在积雪上也深一步浅一步的，有两次险些滑倒。拐到某条岔道上，我猛然看见雪地表面上散落着稀稀拉拉的一串红色，第一反应居然是血，而且错乱地以为是陈金芳当年洒在地上的血。这个想法让我心惊肉跳，幸亏走近了，才看清是一只被扯得稀烂的超市购物袋。谁家狗又撒欢儿了。

6

那次以后，陈金芳果然主动约了我两次，一次是在东四十条的"大董"烤鸭店设宴为某个刚从国外回来的摄影家接风，另一次则是她公司开办的新年聚会。在第二个场合上，我说到做到地为她引见了几个文化口的记者和在绘画圈子里"相当有分量"的研究者，也见识了她的公司：地点在北五环外一个区政府开设的"创业产业园"里，三层小楼的一层和二层分租给了咖啡馆和书店，第三层是通透敞亮的办公场所。 陈金芳在自己房间的墙上挂满了与各路面人物的合影，不知是买来还是别人奉送的画作与雕像则杂乱无章地摆在外面的大厅里。 一眼就可看出，她的公司还没有正式运转开来，地毯和墙面还散发着化学材料的味道。 而在这个园子里，如此这般大大小小的公司起码不下二十家。

她那儿干活的人很少，除了永远在场的胡马尼，其余就是两三个大学还没毕业的实习生。 不过这也符合这种公司的特点：人手并不必多，只要路子够宽，手头的现金充裕，便可以游刃有余地低买高卖。 事实上，这也正是陈金芳给人们留下的印象。 她与任何人都能自来熟，盘旋之间挥洒自如，俨然"摆开八仙桌，招待十六方"的社交名媛。 三言两语涉及"业务"的时候，她嘴里蹦出来的不是百八十万的数目，就是那些如雷贯耳的名号。

"这位女士是什么来头，你清楚吗？"端着高脚杯分头闲聊时，一个报纸副刊的编辑问我。

"其实真说不上熟，是她非想认识你们，我才招呼你们来的。"我说。

"像她这样的人，基本上逃不出两种可能性。"那位编辑沉吟片刻，一副见多识广的样子，"一是外地哪个土财主的外室，再不就是领导干部的家人。 这种买卖投资未必小，赚钱却不见得有保障，有这些资金，开个饭馆要稳妥多了，所以一门心思钻进来的，不少人都是阔小姐开窑子——纯图一乐。"

我望了望大厅中央穿着小礼服的陈金芳，饶有兴致地问："那你看她是哪一种呢？"

"都像，也许两者都是吧。"

我笑了笑，不再多嘴，独自走向大厅角落里的那台"山水"音响。音箱上的实木架子里，竖插着好几排古典音乐CD（激光唱盘），种类相当全：莫扎特、贝多芬、门德尔松、西贝柳斯……我挑了张帕尔曼演奏的柴可夫斯基《a·小调钢琴三重奏》放进唱机。在这个版本中，与他合作的钢琴家是同样声名赫赫的阿什肯纳齐。但乐声刚一传出来，我便意识到自己的选择很不妥。那旋律太凄凉了，尤其是小提琴部分，简直是在眼泪汪汪地哭诉。事实上，这首乐曲是柴可夫斯基为悼念鲁宾斯坦而写的，是一首不遮不掩的挽歌。《日瓦戈医生》里也提到了这部三重奏，一曲未了，女主人公拉拉就得知了母亲死去的噩耗。

而眼下的场合可是新年聚会呀。满堂的红男绿女都被笼罩在一层古怪的气息里，两个敏感的人狐疑地朝我看过来。我慌了下神，赶紧把那张CD拿出来，随便换了张维瓦尔第的《四季》。直起腰来，我的眼前炸开一片繁花似锦的视觉效果，陈金芳笑盈盈地站在我面前。

因为兴奋，她的脸上直泛红光："谢谢你啊。"

我知道，她指的是我带来的那几位"有用的人"。方才她与他们应酬得很成功，没准已经预约下好几个版面的专访了。 对于一个名大于实的行业而言，"牛皮能吹多大，舞台就有多大"，这是早年成功者的经验之谈。 我不好意思地笑笑，谦虚道："真别客气，具体哪块云彩能下雨，还得看你善不善于挖掘了。"

"没看出来你成天无所用心的，其实能量还挺大。"陈金芳举起喝香槟用的郁金香形杯子，跟我碰了一下，"真是朋友多了路好走，我要是早点儿碰见你就好了。"

我意识到，我们之间的谈话正在向特别没劲的方向发展，便没接她的茬儿，掏出烟来点上。 她却伸出两个指头，轻巧地从我的烟盒里捏出一根叼在嘴上，等着我为她点火。

不远处的胡马尼又在不满地盯着我们了，此时他的眼神简直是凛然而愤怒的，让人想起刚撒尿划完地盘就被主人轰出去的小狗。 这副模样反倒激起了我挑衅的欲望，我故作温存地笑着，响亮地拨开金属打火机的盖儿，欠身为陈金芳把烟点上。 她轻轻吸了一口，在过滤嘴上留下了鲜红的唇印。我敢说，她夹着烟横置于脸颊一侧的姿态，多半是从奥黛丽·赫本在《第凡内的早餐》里那张著名的海报上模仿来的。

"跟你说真的呢，我挺想感谢你一下的。"陈金芳又开腔，"你眼下缺点儿什么，不妨告诉我……"

"第一缺德，第二缺性伴侣——忘了告诉你我前一阵刚离婚。"我条件反射似的打断她，"头一样你帮不上忙，第二样我不大好意思找你帮忙。咱们毕竟小时候就认识，杀熟的事儿我不爱干。"

她仿佛被我的流氓口吻小小地惊着了，半张着嘴一愣，但眼里涌出更多的笑意。随后，她斟酌着措辞道："你这是跟我客气的吧？我看得出来。虽然我知道跟你说这些挺俗的，但眼下我并不缺钱，而你呢，看起来手头又不那么宽裕……"

"真不是客气。"我索性直抒胸臆，"比起你我肯定是一穷人，可我也没觉得自己过得有多凄惨。用崔健的话说，'反正不愁吃反正我也不愁穿，反正实在没地儿住就跟我父母一起住'，比起那些狠捞人间造业钱的主儿，我宁可把自个儿的欲望尽量降得低一点儿，当个无伤大雅的寄生虫，这也是一个混子、一个犬儒主义者最起码的道德标准了——我的普通话你听懂了吗？"

"你这话有点儿偏激。"

"就算是吧……难道你认为我活成这样儿是通达的结果吗？"

陈金芳晃了晃手里的烟，表示不想与我争辩。但没过两秒钟，她又换上了一副真诚而又单纯的表情，对我说："我真觉得你不再拉琴特别遗憾。"

"没什么遗憾的。我在那方面其实没什么过人之才，成不了真正的演奏家，顶多就是一'伤仲永'……"

"你又在钻牛角尖了。"这次，陈金芳打断了我说，"拉琴就是为了成为演奏家吗? 你这么自诩脱俗的人，怎么考虑起这件事情又那么功利。 难道你现在不还是喜欢音乐的吗? 音乐完全可以成为你的爱好呀。"

我居然被陈金芳说得哑口无言。 这是她头一次对我使用尖刻的语气，而说实话，她句句捅在了我的软肋上。 气氛登时有点儿僵。 我捏着行将熄灭的烟头，佯装四下找着烟灰缸。 她舔了舔嘴唇，往回找补了一句：

"再说了，别人觉得怎么样我不管，对于我来说，你已经拉得美极了。"

这话让我再次恍惚，仿佛回到了从前，她站在窗外听我拉琴的那个年代。 记忆中树下瘦小的人影，竟然与眼前这个仪态万方的丽人重合了起来。 这时，前几天宴请过我们的那位画家凑了过来，热情地揽住陈金芳的肩膀，说有一件"神秘的礼物"要送给她。

"你猜是什么?"画家挤眉弄眼地问陈金芳。

"你还能拿出什么，无非是一幅画——她的画像。"我随口说。

"跟聪明人混在一块儿就这点不好。"画家哈哈大笑，"想卖个关子都那么难。"

我近乎恶毒地打趣："也不知道你给她粘了一撮什么样的毛。"

那幅画倒不是画家独创的"立体现实主义"，而是传统的人物静态油画——文学杂志"封二"上常见的那种风格。

画里的陈金芳穿了件纯白的连衣裙，侧坐在带靠背的木椅子上，背后是一扇阳光倾泻的落地窗，表情相当恬静。我认出那背景就是画家在小汤山附近的画室。看来这段时间里，他们也打得火热。

在众人的簇拥与恭维下，陈金芳直面画里的自己，夸张地拿手捂住两颊："你把我画得太漂亮了。"

"你是批评我画得不像喽？"画家说。

"那怎么可能。"

"这么说，你就是承认自己漂亮了。"

其他人也不遑多让，我带来的那几个朋友纷纷发表见解，主题无一例外，都是借画捧人。最初陈金芳还有点儿不好意思，但听得多了，便开始两眼熠熠闪光，浑身上下的每个毛孔都焕发着能量，使她的真人比画像更加璀璨。

"胡马尼，你看看人家——还说自己也是画画的呢，你画什么了？翻来覆去就是你们村儿那两头牛。"她还不忘对远处的胡马尼撇过去一句。

这时我发现，我和胡马尼都被甩在人圈儿外面了，我们一个守着音响，一个斜靠吧台，像棋盘上不尴不尬的两枚孤子。我又观察了一下那小伙子的脸，居然读出了类似于忍辱负重的意味。我并不是那种在哪儿都要充当焦点，受不了半点儿冷落的人，但还是对眼下的气氛感到不舒服。于是我趁没人留意，到门廊找到自己的大衣，匆匆溜走了。

新年聚会以后，陈金芳有两个多月没联系我。我想，可能是她觉得我的不辞而别很失礼，或者是对我那天谈话时的话里带刺儿感到不舒服了吧。 如果是前者，我固然承认自己不够周全，但要是因为后者，我却不觉得有什么需要反省的。 说真的，身处于如今这样一个环境、这样一群人中间，我还认为不能随时随地破口大骂是压抑了自己呢。 而这样的心态，也可被视为自己"仍然年轻"的表现吧。 在那个千年极寒的冬季里，我照常到单位点卯，照常被拉去赴各种各样的饭局，照常往海南打长途电话"问阿玛、额娘的安"。 我逐渐适应了有序却杂乱、热闹却孤单的离婚生活。

在一些有艺术圈儿朋友到场的饭局，我越来越多地听到人们提起陈金芳。 当然，他们说的那个人名是"陈予倩"。 关于她的传闻正在向离谱的方向发展，有人说她是某个国学兼房中术大师新收的入室女弟子，还有人说她靠和"异见分子"同居，从国外反华组织那儿骗来了大笔经费。 根据我和陈金芳的接触判断，这些当然都是谣言，但也说明她混得越来越风生水起了。 要是再有机会见面，我真应该恭喜她才对。

到了春节临近时，场面上的事儿就少了下来。 我的狐朋狗友不是回了老家，就是陪着亲戚准备过年了，只有我因为懒得到海南听我父母训话，继续孤零零地晃荡着。 各个单位还没正式放假，但北京已成空城，大街上的汽车少得让人发瘆，天空中零星绽放着急不可待的焰火。 全球性的经济衰退已经持续了两年多，各国股市哀鸿遍野，国内许多产业举步维艰，尽管政府狠狠地给基建领域打了几次鸡血，却不敢再舔着脸显摆"这边风景独好"了。 赵本山和他的弟子也宣布不再参加今年的春晚，四面八方的气氛倒显得消停了不少。

大年二十八那天晚上，我正给一家报纸赶稿写着"贺岁档"的电影评论，突然接到了陈金芳的电话。 她问我过年怎么打算，我说预备了一些速冻饺子。 她扑哧一笑，让我赶紧到民族饭店旁边的一家老牌韩式料理来："说得这么可怜，给你补补油水吧。"

我三笔两笔敷衍完稿子，开车沿复兴路向东，很快找到了那家餐馆。 让人意外，陈金芳并不在包间里，而是一个人坐在大厅中的一张散台后面。 她穿了件领口开得很低的洋红毛衣，薄呢子短大衣搭在旁边的座椅靠背上，脸似乎瘦了一圈儿，眼睛都被撑大了。

我向她招了招手走过去，问她："别人还没到？"

她说："没别人，就咱俩。"

我更意外了："连胡马尼也不来了？"

"回老家了。"陈金芳不以为意地瞥瞥眼睛，"再说他又不是我什么人，干吗到哪儿都带着他啊。"

听这口气，她和胡马尼之间或许有了点儿龃龉。 但我知道，这是我没必要感兴趣的事情，就是感兴趣也不合适问。 于是我坐下来，呷起了大麦茶，陈金芳让服务员上菜。 尽管饭就俩人吃，但她仍然安排得很丰盛，点了大块牛排、腌牛舌、羊纽约克、鳕鱼和肥瘦参半的五花肉。 我还多要了两盘餐前小菜里的辣椒烧牛肉，并评价说："跟过去大院儿食堂做的一个味儿。"

我眼花缭乱地看着服务员操练各种兵刃对付炉火上的肉，间或抬头和陈金芳对视一眼。我发现自己看她时，她也总在看着我。我问她前一阵忙什么去了，她说就在北京"处理点儿事"，另外还到香港参加了一个规模不大不小的艺术展。"总之忙得马不停蹄的，刚回来就找你来了。"假如她说的是真的，那么可以判断，我上次的不辞而别并没有得罪她。

"在香港又有不少斩获吧？"我说。

她仿佛强打起精神，说自己又见到了哪些人：香港电视台一个新闻评论员，说话时假牙总有喷出来的风险；20世纪90年代流窜出去的一个气功大师，现在还在给人看风水；几个艺术策展人，其中有一位正忙活着往维多利亚湾里放一只巨大的吹气儿鸭子。她还说自己住的地方就是当年"哥哥"跳楼的那家酒店，时至今日还有不少矫情男女前来烧纸。

随后，她立刻露出乏味的表情："也没什么大意思。"

她已经下了定论，我也就不好再品头论足了。我们一边吃饭，一边转而说起家常话题。我问她过年怎么也不回家，她说没有回去的必要了，反正家里也没人了。我说你姐和你姐夫呢，她随口说了句"也做买卖呢"，便扯回我的身上，问我为什么离婚。

"人的忍耐都是有限的，没跟你说我一直吃着软饭呢吗？

她能坚持这么久已经难能可贵了。"

"作为朋友，我真替你们可惜。"陈金芳像电视剧里的女配角那样贴心而诚恳地说，"而且我觉得错儿主要在你。人家当初跟你结婚，肯定既不是图你的财又不是图你的色，而是真喜欢你这个人——你们是有感情的。"

我说："你就别往我的伤口上撒盐啦，我已经对所有熟人都承认自个儿是一混蛋了。"

"你这样的男人呀，"她说，"优点在于敢于贬低自己，这显得很有自知之明；缺点则在于你总是觉得贬低完自己，就有资格去伤害别人了。"

"你让我无话可说。"我对她的判断心服口服，并再次惊诧于陈金芳对我这个人的认识程度。那感觉，就好像她跟我共同生活了许多年，而且一直在观察我，琢磨我。这不由得又让我想起了当年。难道那隔窗而奏的琴声在我们之间建立了心有灵犀的默契，使得我本性中的懦弱、卑琐在这个女人面前暴露无遗？这近乎玄而又玄了，也说明所谓"知音"并非仅限于那些高山流水的典雅情操。

沉默半晌之后，陈金芳又对我提起了那个老话题："你现在真的不碰琴了吗……哪怕一个人的时候？"

"嗯。"

"听我一句劝，没必要跟自己较劲。假如你想通过这种方式来否定自己以前的生活，那么也只能说明你还没长大。哪怕没机会当一个真正的演奏家，那也没什么呀，换个角度想，你毕竟掌握了一项特别的手艺，这已经让你比别人活得丰富多了……我挺羡慕你的。"

这一次谈到小提琴的事儿，陈金芳的话没有激起我的逆反情绪。我掩饰性地笑了笑，但自己明白脸上的效果一定是皮笑肉不笑。好在陈金芳也没有再接着说下去，而是又把话题转到了别人身上。她说起那个"立体现实主义"画家，毫不避讳地痛斥那人"太功利，太庸俗了"，但说到具体的事儿，却又语焉不详。据我的猜测，好像是画家想从她那儿预支一笔钱来租一处更好的画室，还催她赶紧把国外画展的场租费交了，然后安排他跑一趟欧洲。

"可是做这些投入之前，我总得先做个评估，搞清楚他有没有被国外那些人认可的潜质呀。这么火急火燎的，反而让我觉得他把我当成冤大头，只想从我这儿捞一票。"陈金芳皱着眉头抱怨说。

我跟那画家也不熟，便和了句稀泥："你得理解那个岁数人的心态，他们总觉得自己错失了许多机会，因此想要在各个领域拽住青春的尾巴。"同时，我忽然有点儿纳闷：难道陈金芳专门把我约出来，就是为了跟我闲聊天，扯这些不咸不淡的话题吗？

这个疑惑在晚饭结束后才被解开。炉火渐渐冷下来，铁板上吱吱冒泡的油脂凝结成了白色斑块。我和陈金芳起身出门，来到昏暗高耸的前厅，几个穿得像韩国电视剧人物的服务员双手护裆，向我们鞠躬告别口称"斯米达"。我正不熟练地往脖子上捆着围巾，陈金芳半踮起脚帮我系好，又用戴小羊皮手套的手抚了抚我肩膀上的皱褶，突然道：

"还有个事儿想向你打听一下……具体说是想找你帮忙。"

"你说。"

"你是不是认识一个叫龚绍烽的商人？"

龚绍烽也就是我大学时期挚友 b 哥的本名，此人堪称我们这个时代特有的奇人，身上同时具有猥琐与超脱、唯利是图与理想主义等等诸多相互矛盾的品质。上大学的时候，他就一边眼泪汪汪地给女同学抄录"妹妹你是水，无愁地镇日流"之类的滥情诗歌，一边为了每天中午多吃二两排骨把食堂的胖大婶给搞了；毕业以后他没找工作，依次干过书商、倒卖狂犬病疫苗、冒充领导亲戚等等勾当，最终靠经营一家把发廊妹包装成"性感女主播"的准黄色网站发家致富，而在他穷得到处蹭饭的日子里，也仍然负担着河南老家一窝儿穷孩子的学费；现在他的公司养着一群三流女演员和平面模特，但比起跟那些女孩睡觉，他更热衷于把她们集中到自己的会所里高唱《国际歌》……而这个名字突然从陈金芳的嘴里冒出来，不免令我猝不及防。

我问她："你怎么知道我认识这人的？"

"你上班的那家画报，幕后的大股东不就是他吗？"陈金芳意味颇深地淡淡一笑。我猜她已经知道了我和 b 哥的交情，更联想到她已经把我的"人脉"摸了个底儿掉，不免稍感心慌。

"你找他有事儿?"我说。

"我手里有笔闲钱,跟他达成了合作的意向,不过还没最后敲定。"陈金芳说,"你要是跟他说得上话,帮我打探一下他怎么想的。"

对于她的要求,我的第一反应是畏难和犹豫。 在和有钱的朋友们打交道时,我一向有个原则,就是只当帮闲,不做掮客,即把关系限定在吃吃喝喝、清谈务虚的层面,绝不靠给他们搭桥牵线来牟利。 这么做,一来有利于维系自己那点儿虚幻的尊严,二来也是明哲保身——真出了什么娄子,我可担不起责任。 尤其是 b 哥,据我所知,他近年来从事的都是些本大利高、游走于灰色地带的投机生意,比如充当"标头"组织人合股买矿之类。 而陈金芳能跟他这样的人搭上,也证实了我先前隐隐的预感:她所涉的"水"相当之深,绝不仅仅是一个在文化圈儿打转的小富婆。

但也不知怎么搞的,在陈金芳的注视下,我没能拒绝她。 她的眼里透出一股不容置疑、招魂摄魄的光芒来。 我不由自主地点点头。

我的郑重神态倒逗得陈金芳咯咯一乐。 她立刻轻松得像没事儿人似的,打开"英菲尼迪"的后备箱,从里面拿出两瓶洋酒给我:"最好的苏格兰单一麦芽,三十年陈酿,我从香港带回来的。"

"贿赂我?"

"这还叫贿赂啊？ 我跟你那朋友的事儿要是能成，肯定还会重谢你——我说真的。"

我耸耸肩和她告别。 开车回到家之后，我把那两瓶酒开了一瓶，端着方杯坐在沙发上出神。 酒的味道的确醇厚、清澈，但度数也高，不知不觉间就让我飘飘然了。 我飘浮在麻木的潜意识中，产生了不知今夕是何夕之感，并抬头看向衣柜顶上那早已束之高阁的小提琴。 有多少年没摸过它了？ 伴随着这个想法，我站起来，踉跄着走过去，踮起脚摸向乌黑的木制琴匣。 但刚碰到琴匣的把手，我就像挨了烫一样把手缩了回来，一声叹息地把自己拍到床上。

第二天醒来时，我看见几根手指上沾满了灰，连床单都蹭脏了。

7

过了半个多月，春节假期结束，北京重新热闹了起来。 一些朋友过完年就突然消失了，把以前的债主和"情儿"们坑得叫苦不迭，另一些人则像闷热天气的蘑菇一样冒了出来，精神百倍地四处蹚路子。 对于我来说，生活基本照旧，只是心态越来越疲沓了。 机票便宜下来之后，我到海口看了一下父母，顺便弯到三亚会了会仍在猫冬度假的 b 哥。 他弄了辆敞篷车，又叫上俩野模，带我去大东海下了两天饺子，然后去牛岭隧道以北的一个镇上吃"肥得把壳儿都撑裂了"

的和乐蟹。 在此期间，他还用电话遥控着北京和南方两个城市的生意，时而与人称兄道弟，时而破口大骂，尽说些我不懂的黑话。

折腾了两天，我们都因为摄取了过多的蛋白质而消化不良，便又回到了海滩上，臭屁滚滚地晒太阳。 附近有出租四轮沙滩摩托车的，两个野模跨上一辆，叫嚣隳突地驰骋，浑身的蒜瓣肉波光粼粼。 b哥躺在长椅上，以极度猥亵的眼神打量她们，一只手伸到裤裆里挠痒痒。

总算有了单独聊天的机会，我便跟他提起了陈金芳的事儿。

b哥坏笑着打岔："你跟她很熟？ 又找到新的软饭了？"但还不容我辩解，他突然显露出商人特有的狡黠和谨慎，反而向我盘问起陈金芳的底细来。

他这一问，我倒含糊了。 虽然圈子里都把我和陈金芳看成交情深厚的"自己人"，但我知道，自己对她远谈不上知根知底。 举个最简单的例子，我一直搞不清楚她的钱是从哪儿来的——她不像正经做过买卖的人，也没有傍上哪个财大气粗的"瘟生"的迹象。 假如以前不认识她也就罢了，但恰恰见证过陈金芳那寒酸窘迫的少年时代，她的发迹对我来说益发成了一个谜。

我只好向b哥粗略介绍了陈金芳目前的状态——当然是我了解的那部分。 听到她是做艺术投资的时，b哥眉毛一扬，眼里透出两点贼光。 像他这样的人，自然不会对艺术真有什么兴趣，不过开画廊、办展览倒是个洗钱的好渠道。 我说完以后，b哥也和我交换了一下对陈金芳的印象：

"这女的我以前根本没听说过，是两个做'老鼠仓'的操盘手引见过来的。 说实话刚一见面，我还真被她的风韵小迷惑了一下，只不过咱们是什么人啊？ 平日圈养着那些莺莺燕燕，为的就是修炼定力，别在正事儿上被荷尔蒙给害了……当然这是题外话了。 那些操盘手说她很有道行，一旦看准机会就特别敢下手，建议我让她在手头的项目里加一磅，毕竟现金越多，和政府那边谈判时就越有话语权。 我当然不能光听那些人的，自己也要对合作伙伴进行评估，不过也确实有点儿拿不准她。 她在大多数情况下都显得底气十足，甚至还有点儿深藏不露的劲儿，但不经意间，又会暴露出新手的弱点来——最主要的表现就是着急。 她托你来找我打听，这就是典型的沉不住气，甚至让人猜测她根本没有宣称的那么大财力和门路，只想靠着虚张声势在大买卖里掺和一把，搭个投机取巧的顺风车。"

我向来佩服b哥的识人之术。 他在那些冷酷的、尔虞我诈的行当里搏杀多年，眼光自然要比我毒辣得多。 不过也得指出，我和他看人的标准是不一样的。 除了对我这样的旧故，他对所有人的判断都是基于"经济人"的利益标准，我则保持着孩子气的任性，仅以"有劲"或者"没劲"来决定是否与人深交。 也就是说，即使以同一个人作为话题，我们也说不到一块儿去。 我完成了陈金芳的托付，这就算仁至义尽了。

"总之你看着办吧。"我站起来抖抖沙子，对野模们挥手，"我就管传个话儿，你们之间那些具体的勾当，我可管不着。"

我向海滩走去时，b 哥在我身后沉吟了一句："先耗她一阵儿。 我过些日子要跑一趟江苏，回北京再接着跟她往下谈。"

又盘桓了两天，我独自先回了北京，陈金芳到机场接我。 天气还是料峭的倒春寒，她却早早穿上了羊绒筒裙，靴子上方露出小巧圆润的膝盖。 一见面，她就撩开我的外套往里看看，嗔怪我"一点儿也不知冷知热"，然后从大号坤包里掏出一件新买的"杰尼亚"毛衣，不由分说地让我穿上。

回去的路上，她和我挤在后座上不停地说笑，聊着北京这边朋友们新的趣事儿。 透过后视镜，我看见开车的胡马尼脸色铁青，面部肌肉不时神经质地抽搐，简直让人想起北野武扮演的那些即将被剁手指的黑帮打手。

接下来的一段日子，陈金芳又开始约我参加各种饭局和聚会，频率比以前还要高，几乎是三日一小宴，五日一大宴。 如今不仅是我，就连那些真正八面玲珑的货色都承认她"的确挺能混的"：同时和好几条脉络上的人打得火热，许多圈子之间原本互相排斥，但提起她却都颇为认可；不管在哪儿，她一出场就能成为核心人物，几乎不用抢，风头就自然而然地转向她了；在她有意无意搭建的"平台"上，不少素不相识的人成了朋友，甚至原本有罅隙的人也能尽释前嫌。而这时距离我与陈金芳重逢，也才半年多的时间。能够开创大好局面，究其原因，除了作为一个单身女人同时具备漂亮、热情、大方等等优点之外，还有一个关键之处，就是她切实地做到了"喜新不厌旧"，不会因为攀了高枝而忽略先前的朋友。哪怕是一直充当"碎催"的胡马尼和那个见风使舵的画家，也一直享受着元老级别的优待，虽然心有怨言，但又总能通过显示和她"关系不一般"而在另一些人眼里抬高身价。总而言之，陈金芳仿佛是在由衷地享受着人的社会属性，很多时候简直像个刚爱上幼儿园的孩子——和她相反的则是一些老资格"社会活动家"，那种人貌似人缘很好，但只要一不在场，就会有人将其鄙夷为"势利眼"。

"小陈这个人交朋友，如同韩信将兵——多多益善。"这是某个上过《百家讲坛》的三流大学教授对她的评价。

既让我虚荣也让我别扭的是，她如今对我更亲热了。不光是一同出现时常要挽着我的胳膊，而且还要在大庭广众之下和我咬耳朵——明明说的就是不咸不淡的套话，但非得摆出一副秘而不宣的表情。难道她看不出来，胡马尼宰了我的心都有了吗？而那个画家倒相当"现实主义"地承认了争宠失败，许多阿谀的媚态转而投向了我，并总拐弯抹角地打听陈金芳准备什么时候资助他去欧洲办个展。

"时间不等人，谁知道'政治波普'能流行几天啊，等到风向一转，我这几年的工夫不又白搭了吗？"画家焦虑地说，"她这人怎么这样，老放空枪也不动真格的……这话我也就跟你说说，别让她知道啊。"

画家的悄悄话揭示着这样一个真理：没有真金白银的利益链条作为支撑，那些鲜花似锦、烈火烹油的繁华都是他妈的扯淡。 他在抓耳挠腮地等着陈金芳表态时，陈金芳一定也在等着 b 哥那边的消息呢。 谁都有被拿在别人手里的地方。 从海南回来没两天，陈金芳曾经包了她公司楼下那个咖啡馆，叫了一群人来品尝"不多见的葡萄牙红酒"，我在席间偷偷把她叫到窗边的角落，将 b 哥的态度转告了她。

"跟那种生意场上的老油条打交道，越急越没用。"我说，"他既然说了让你等着，那就说明相当有戏。"

听了我的话，陈金芳面无表情，甚至连头也没点一下，只是抬起手来，抓住我的手腕摇了摇。 这样的举动她常对我做，但这一次我有明显的感觉，她格外地用劲儿，细瘦而坚硬的指骨硌得我都疼了。

在此以后，她就再没跟我提过投资方面的事儿。 时间转眼而过，当那些老单位破败的大门口挂出"欢度五一"的横幅时，在南方兜了一大圈儿的 b 哥回来了。 陈金芳不知从哪儿得到了消息，打电话让我再牵一次线。 我正在单位跟电脑下五子棋，顺手抓过座机，拨通了 b 哥的手机，把陈金芳的意思说了。

这次 b 哥没再多说什么，只回答了一句"我让底下人约她"。 我立刻又给陈金芳打了过去。 这个传声筒的任务搞得我挺烦躁，鼠标点错了地方，转眼通盘皆输。

陈金芳那边显然很兴奋，连呼吸都重了。她又对我说："这几天别安排别的事儿了，等他找我的时候，你也一块儿去吧。"

我一边退出游戏一边说："你们俩资本家共商大事，非拽着我一流氓无产者干吗呀？"

"帮忙帮到底嘛。"陈金芳坚持说，"再说，你也是我们共同的朋友呀。"

我犹豫了一下，但还是拒绝："还是算了吧……西门庆和潘金莲搭上以后，王婆就别跟着裹乱了。这点儿眼力见儿我还是有的。"

陈金芳笑了："再胡沁，看我不撕了你的嘴。"

她说完就挂了电话。照我的理解，无论是她先前说的"一定要重谢我"，还是刚才非要让我作陪，都是嘴上的客气话而已。她不想造成把我用完就甩的印象，但事实上，我本来也没想通过帮她的忙而得到些什么。出于本能，我甚至不愿在这种事情里搅得太深。

又过了两天，我刚下班，正打算一个人去随便吃点儿什么，陈金芳的电话又打过来了。她让我火速赶往 b 哥在东四的四合院。我再次推托，她却说：

"叫你来，纯粹就是为了吃饭。你放心，事儿我们都谈完了，再不会麻烦你了。"

一旁的 b 哥也接过电话帮腔："谈事儿你不来，吃喝玩乐你也不来,这就太不像一个称职的帮闲了。"没有办法,我只好掉转车头前去赴宴。 b 哥那个地方很好找,就在团中央下属的一家出版社附近,是整条胡同里最具地主老财气质的宅院:朱门之上常悬着张艺谋风格的大红灯笼,左右两边各立一只汉白玉狮子。 只可惜家里没人的时候太多,狮子上已被贴了不少"一针见效,三针痊愈"的小广告,还有不知谁家孩子稚嫩的书法作品"×××我操你妈"。 穿堂过院,随处可见雕梁画栋,整套鸡翅木圈儿椅散落在树下任它日晒雨淋,不知从古代哪位显贵坟上偷来的石碑旁,趴着好几只没屁眼儿的蛤蟆。 对于这些荒谬的摆设,b 哥自有他的解释:

"蛤蟆是招财的,这个大家都知道。 至于那个碑,我也不嫌它不吉利——雍和宫那边一瞎子说这宅子过去是一贝勒府,而我祖上贫寒,恐怕镇不住它,得请进一位有身份的帮忙压压场面。"

来到正厅,我看见 b 哥的某位姨太太正穿着大红苏绣旗袍,指挥丫头老妈子摆酒上菜。 陈金芳和 b 哥也从厢房里踱了出来,脸上都挂着不甚自然的笑。 我故意不提他们买卖上的事儿,见面就说起了废话,而他们也会了意,笑嘻嘻地东扯西扯。 不过从陈金芳那如释重负的表情来看,她对这次约谈的结果很满意。

她又没带胡马尼一起来,所以偌大的八仙桌旁只坐了四个人。 席间,b 哥偕其姨太太频频举杯,刚开始还是分别敬我和陈金芳,后来就是同时敬我们两个人了。 那位姨太太脑袋有点儿糊涂，甚至说出了"两口子敬两口子"这样的话，弄得我好不尴尬。后来她到卧房去"补补妆"时，我忍不住刻薄了一句："没一对儿是明媒正娶的。"

"我就喜欢你这张缺德的嘴。"b哥已经喝高了，哈哈大笑地再次举杯，"那就狗男女敬狗男女好了。"

陈金芳居然面不改色，端起仿古鸡缸杯跟我们碰了，优雅地一饮而尽。随即，我感到自己的胳膊被她狠狠地掐了一下。再往后，她和b哥又不自觉地谈起了生意细节，我也被迫听懂了他们那桩合作的来龙去脉：近些年来，欧洲各国对清洁能源投入很大，造成了我国的地方政府迫切地上马相关工程，从而也给一些闻风而动的投机分子留下了运作空间；b哥在北京聚拢了一些人的游资（陈金芳也是其中之一），到江苏控股了一个中等规模的市属企业，并放出风声，号称将其从塑料制品转型为太阳能光伏产业；他们真实的目的当然不是投产之后出口创汇，而是利用这个噱头拉到更多的银行贷款和风险投资，从金融领域套取暴利。听到这里，我不由得偷偷瞥了陈金芳一眼。b哥从事的勾当我早有耳闻，而眼看着陈金芳也"玩儿"到了这般境界，还是忍不住让人瞠目结舌。我对我们民族妇女的判断，也在她这个活生生的例子身上得到了印证：她们除了特别能吃苦特别能战斗这些传统美德，而且在每个时代、每个环境中都有着极强的适应能力和进取心，只要一有机会，她们必定会勇敢、果断地站到浪尖儿上。比起她们，大多数男人都应该感到汗颜。再说句不恰当的话，要是恢复母系社会，由妇联代行国务院的职责，没准儿中华民族的伟大复兴早就实现了。

而看着陈金芳那"花媚玉堂人"的样子，我也不知不觉地陷入了恍惚。在社会上混迹了这么些年，我曾经见过很多改头换面的成功者，但他们无论身份、相貌乃至举止发生了多么彻底的变化，终归无法将最初的模样完全抹掉。举个最近的例子，就是我对面的 b 哥。他如今已经贵为生意场上的"大鳄"，但我每次看见他，都会清晰地回忆起当年在大学宿舍里，他靠玩儿牌作弊骗我香烟的猥琐模样。而陈金芳不同。面对着现在的她，我已经无法想起十来年前站在我窗外听琴的那个女孩了。当年的她仍然在我的记忆里存在，但现在的她却获得了某种决绝的能力，把自己生命中的两个阶段完全割裂了——那类似于动物界的"变态发育"，人们都知道蝴蝶是毛毛虫破茧而出的结果，但有谁看到花蝴蝶时，第一反应是毛毛虫带来的恶心呢？在我的潜意识中，"过去的她"和"如今的她"已经变成了毫无瓜葛的两个人。当着外人的面，我会叫她的新名字陈予倩，并且叫得越来越自然，根本无须通过"陈金芳"这个旧代号转译了。

因为无须和不相干的人敷衍，那天的晚饭大家兴致都挺高，喝完一瓶白酒，b 哥又叫人开了两瓶红酒。不知不觉到了晚上九点多钟，忽然发生了一个意外事件。院儿外发出一声闷响，好像有什么东西碎裂了，接着，一个中年妇女操着字正腔圆的京腔骂起街来。

　　b 哥问是怎么回事儿，片刻保姆进来回话，说是"咱们的客人"停车时把隔壁大杂院儿门口的咸菜坛子给撞了。 大家跟着 b 哥踱出门去，只见陈金芳的英菲尼迪斜着停在胡同里，前保险杠底下散落着一摊乱瓦。 在浓郁的咸菜味儿里，胡马尼正笨嘴拙舌地向那妇女解释着。 看起来，他是为了躲避那俩石狮子，才制造了这起小事故。

　　那中年妇女倒很有不惧权贵的气节，看到 b 哥来了，益发跳脚儿乱骂。 直到姨太太给她塞了几百块钱，她才心满意足地胜利而归。 而这时，陈金芳则不好意思地向 b 哥抱了个歉，然后把胡马尼叫到几丈开外的墙根说起话来。

　　俩人都压抑着嗓门，因此声音里带了一种紧张感。 陈金芳好像在责怪胡马尼不请自来，胡马尼却一反常态地跟她争辩起来，说的是一嘴湖北土话。 话赶话地锵锵了几个来回，陈金芳的声调高了起来，指着胡马尼的鼻子说："你管得着我吗？ 也不看看自己是谁！"

　　受了呵斥，胡马尼僵着脸回到车上，咀嚼肌被咬得凸起来一块。 陈金芳则吁了口气，笑盈盈地回到我们面前，对 b 哥解释："真不好意思，给你们添麻烦……这孩子一直跟着我，怕我喝多了回不去，就自作主张接我来了。"

　　"人家也是好意，精神可嘉。"我在一旁打了个圆场。

　　b 哥就势宣布晚餐结束："反正正事儿也谈完了，往下咱们都上着点儿心就行了。"

　　陈金芳郑重地和 b 哥握了握手，忽然又凑近我，低声说了句"我肯定得好好儿谢你"，然后便娉娉婷婷地转身回去，上了胡马尼的车。他们驶走以后，b 哥让姨太太赶紧泡上茶，要留我再坐一会儿。从正厅转移到一蓬郁郁葱葱的葡萄架子底下，我忽然察觉到 b 哥的脸上变了颜色，不再是一派虚伪的随和，而是三角眼里带着几分货真价实的关切了。在这般年纪看到他这副表情，我都有点儿不适应。

他拿出烟来递给我时，开门见山地来了这么一句："你跟那女的什么打算？"

我一激灵："你什么意思？觉得我们俩合伙儿骗你钱吗？"

"不不不，我说的是你们俩之间的关系。"

我像受了冤枉似的扬声道："没关系呀。你是不是看谁都有奸情啊？"

"我看你对她也挺有感觉的，眼神儿都迷离了。"

"我迷离的时候多了。"我顿了顿，低声说，"不过眼下的自在来之不易，我才不愿意再跟谁'绑定'呢。"

b 哥的脸色缓和了一点儿，笑了："那就好。我就是提醒一下你，哪怕她对你有意思，也别轻易上套，她跟一般人可不一样。"

我不想问，但又忍不住："你从她身上看出什么来了？"

"那当然。下午谈生意的时候，我已经把她的道儿给盘出来了。她对我说以前在广东办过服装厂，现在转到北京做艺术品投资，那些一听就是假的。她虽然说得天花乱坠，但关键性的地方全都含糊其词，骗骗外行或许可以，在我面前可耍不了花枪……不过这也不妨碍我允许她入股手头儿的这个项目，反正坐庄的是我，想跟进的必须拿出现钱来。让我有点儿拿不准的，恰恰是她在这桩买卖上的态度——她的赌性太大了。我已经看出她没什么钱了，东拼西凑能拿出来的，统共也就那么一千来万，而她竟然想要把这些老本儿全都押进去。你知道，这种投机生意的风险很大，从坐庄的到跟庄的，没人把身家性命全扔里面，大家用的都是闲钱。亏了就伤元气的人，说白了根本不配跟着我们玩儿。我已经提醒过她了，可她坚持要参与进来，这几乎可以称为疯狂了……"

　　b哥的话让我倒吸一口凉气，但我没再说什么，醒了醒酒就告辞了。此后的几天，陈金芳没再联系我，我也尽量不去想她。她是一个突然冒出来的旧相识，跟我谈不上什么真正的交情，我帮过她一点儿忙，但帮过了也就算了。这是我和她之间关系的理性总结。哪怕她一意孤行，我也没有规劝她的义务，更没有干涉她的权利。

　　然而某天在办公室划拉着手机玩儿，我却又鬼使神差地拨通了陈金芳的电话。对方接了之后，首先传出来的是沸腾一般的嘈杂之声，远处还有大喇叭播放着雄壮的音乐。

　　陈金芳拐到一个安静点儿的地方，才对着手机喊话："有事儿吗？"

　　"也没什么事儿，"我的嗓门也随之高了起来，"就是问问你和 b 哥那个事儿进展得怎么样了。"

"非常顺利,"陈金芳喜气洋洋地说,"合同早就定下来了。"

她接着告诉我,看在我的面儿上,b 哥许诺给她相当高的回报率。 眼下,他们这些股东正在江苏出席和政府的签约仪式,她刚和一位副省级干部握过手。 我没想到他们的行动有这么快,此时再劝她什么也是白搭的了。 于是我简短地说了些祝贺的话,就要挂电话。

"你放心,该谢的人我一定要谢到。"她叮嘱似的说。这话突然让我觉得非常不舒服。 她不会认为我是在讨赏吧?

8

后来陈金芳的确"谢"了我。

她是在即将入夏的时候回的北京,此前据说和一起"做项目"的人又跑了趟广东,还乘着某个低调富豪的游艇到海上钓了几天鱼。 再次见到陈金芳时,她果然黑了一些,肩膀和胳膊被晒成了小麦色。 画家叫上我和另外两个熟人,在什刹海那边的一家越南菜馆给她接了个风,然后以陈金芳为中心的各种聚会便重新展开了。

如果说新一轮的声色犬马比之过去有什么不同,那就是越来越奢华了。 无论是酒的档次还是菜的品类,都有了大幅度的提升。 她曾经把新侨饭店的大厨请到公司里,现场为大家制作法式铁板烧，有两次在"天伦王朝"顶楼餐厅请客的豪阔之举，更是让我们这些耍笔杆子的人咋舌。 作为聚会的主人，陈金芳依然挥洒自如，在不经意之间，又流露出了比原先更坚实的底气。 和报社领导、画廊经理这些她本该奉承的人谈话时，她依然客气，不过骨子里已经有了隐隐的傲慢意味。 这些变化都说明 b 哥那边的项目进展顺利，并且很可能已经让雪球滚动了起来，股东们开始坐地分赃了。 人人都看出陈金芳发了一注横财。

以前对她颇有怨言的画家早就转了口风，即使私下与我聊天时，对陈金芳的溢美之词也令人肉麻。 我听说他的欧洲画展已经正式排上了日程，陈金芳还付给他一笔订金，预订了他此后五年的全部作品。 至于对我，陈金芳仍然是带着几分表演性的亲昵，倒也看不出和过去有什么不同。 这倒让我揶揄着猜测：她五次三番说要"谢我"，该不会也是我们这个圈子里通行的空头支票吧？

一个偶然的发现让我知道自己想错了。 随着天气越来越热，我那辆老旧雪佛兰频频报警，终于在马路上开了锅。 汽修厂的人告诉我得更换好几套元件，我只好回家找出工资卡，到附近的自助提款机上取钱。

因为日常开销靠零七碎八的外快就能应付，那张卡我很少用到，也知道每个月卡里都不会有多少进项。 然而一查余额，吓了我一跳：陡然多了一个整数，足顶得上我几年的工资。 单位的会计自然不会抽风，我不由自主地想到了陈金芳。 既然她认识了 b 哥和给我开过稿费的几个编辑，弄到我的账号当然很容易。 我又到柜台对了下明细，那笔钱果然是在她从广东回来的第二天打进来的。

在这段时间里，我们见了好几次面，她不仅没跟我提过，就连一点暗示也没有。 这份"感谢"来得既慷慨又得体。 然而我没怎么做思想斗争，就做了一个决定。 我把那笔钱转存到另一个折子里，前往她公司还给了她。

之所以这么干，当然不是因为我有多么高风亮节。 还是我常年坚守的那个原则起了作用，也即：宁当帮闲，不做掮客。 我理想中的人生状态是活得身轻如燕，因而不愿与任何人发生实质性的利害关系；我知道我们这个时代的"辉煌事业"是通过怎样的巧取豪夺来实现的，而自己纵然无耻，却也还有迈不过去的坎儿。 此前帮助陈金芳在她和 b 哥之间传话，已经几乎突破我的底线了，我不想因为这笔钱彻底改变我这个人。 人哪，活了三十多年，得知道点儿好歹。

假如还有其他原因的话，那就要具体到陈金芳这个人了。 我尤其无法接受自己和她之间发生现钱交易的勾当。那么，我究竟想和她成为哪种关系呢……这我倒还没想好。

当我站在陈金芳面前，把折子放在办公桌上时，她抬着头，直勾勾地凝视着我。 我没说话，她也没说话，我们大概都在等对方先开口。 但这时候胡马尼突然进来了。 自从陈金芳的项目敲定，这小伙子的打扮也越发光鲜了，此刻穿的是新款的迪奥卡腰小西装，头上的发胶抹得狗舔过似的。 他没有好声气地跟我打了个招呼，装模作样地拿着一份材料，请陈金芳审阅。 我手指一滑，将存折塞到一本画册底下，转身走了出去。

在这以后，陈金芳照常会给我打电话闲聊，我呢，继续参加她召集的聚会。 关于那笔钱，我们都没再提起过。 按照我的想法，她已经尽到了"感谢"之心，可惜我不识抬举，这事儿也就可以作罢了。 然而没过多久，她便有了新举动，这个举动才真正刺激了我。

那是六月中旬的一天，我中午就接到了她的电话，让我下班后换身正式点儿的衣服，到她公司去吃晚饭。 我问她又有什么装×盛事，她笑着说自己过生日。

"哟，你今年三十几了……咱俩是同岁吗？"

她娇嗔着抗议："别说这么扫兴的话行吗？ 弄得我都不敢过了。"

"你也不早点儿通知，我都没时间给你准备礼物。"我说，"只好两袖清风带张嘴过去了。"

下班以后，我先回家换了件干净衬衫，又想到以陈金芳如今的风格，过生日一定也会搞得煞有介事的，便从柜子里找出条西裤穿上。 走到复兴路上打车之前，我还在大院儿门口的花店买了束花。 很快赶到了她公司的楼下，我抬头望望，却看见三层的办公室黑着灯。

一楼咖啡馆的落地玻璃窗里传出轻轻的敲击声，我扭过头，看见陈金芳正坐在靠窗的座位上呢。 她一个人，穿一条很显身材的黑色长款连衣裙，髋部以下的曲线被包裹得很像一条美人鱼。夕阳的光辉以几乎平行地面的角度投射进去，将她的脸与长长的脖子照得金光璀璨。我拐进咖啡馆，把花递到她手里。

陈金芳眯着眼睛端详了我几秒钟，随后扬手向服务员打了个招呼。两个小姑娘推着辆餐车过来，将沙拉、蔬菜汤、鹅肝酱配面包端上桌，冰桶里还斜插着一瓶香槟酒。

我诧异地环顾四周："其他人呢？"

"叫其他人干吗？就咱俩。"陈金芳说，"平常尽应酬了，这日子口儿还不能图个清净了？"

"我受宠若惊。"

"别跟我玩儿虚的了。我知道你最不把我当回事儿了，所以我过生日还得讨好你。"

我打哈哈地笑了笑，没再说什么，开始吃饭。起初的气氛倒也颇为融洽，我主动举杯，说了些祝贺的话，她也回敬了我。片刻，主菜端了上来，我们挥舞刀叉，专心致志地对付起了牛排。在这两厢无话的空当，我忽然感到陈金芳一直在看着我。当然，桌上只有我们两个人，她也没别的人可看，但我明显感到落在自己身上的目光与平日不同。她既像饶有兴致地揣摩我，又像暗藏着什么机锋。

她在卖着什么关子？随后，在我头脑里冒出来的居然是一个自作多情的想法：她不会打算向我示爱吧？但我却并不紧张，只是静观其变。而事后想起来，假如那天陈金芳真的如我所想，把我们已然近乎暧昧的关系再向前推进一步，那么我也不会有后来那些失措的反应。我们都是没有法定伴侣的成年人，男欢女爱一下没什么大不了的。尽管 b 哥曾经告诫过我"她和一般人不一样"，但我也并不担心。这倒不是我自恃聪明，而是因为我预感到，自己即使和陈金芳真发生点儿什么，充其量也是即兴而发的露水姻缘。在那种游戏里，谁又能真伤得了谁呢？

但我又一次错估了陈金芳。直到饭吃完了，她仍然没什么话，我只得茫然地抽起了烟。等我把烟掐了，她抬起手腕看看表，说："咱们上去吧。"

"还有节目？"我心里又生出隐隐的遐想来。

陈金芳颔首一笑，翩然走在前面。我跟着她上了三楼，却发现她公司的灯已经亮了，柔和的橘色的光从磨砂玻璃门里渗出来。陈金芳拉开门，对我做了个请的手势。

大厅已被清理干净，家具以及那些雕塑画框都被挪到了墙角。一览无余的空间里站着十几号红男绿女，画家、胡马尼和我常见的一些人都在场。他们中间围着的，是六位身穿黑西装、坐在木椅子上的男人。他们都是洋面孔，两人手持小提琴，另外四位则是中提琴和大提琴。标准的弦乐六重奏的配备。居中那个四十多岁、稍有些秃顶的看起来很面熟，我忽然想起他是一位法国演奏家，前几天的报纸还报道过他带队在国内几个音乐院校巡回演出的消息。

"这是马泽尔·法克先生。"陈金芳介绍说，"刚到北京，我就把他约来了。"

"一听这名字就有贵族血统。"我恭维着和演奏家握手，有点惶然地退到一边。

陈金芳对室内乐团点点头，演出正式开始。曲目是柴可夫斯基的《佛罗伦萨回忆》，旋律奔放而缠绵，各声部之间配合得极其默契，马泽尔·法克先生的手法更是堪称精湛。尽管学过十几年的琴，但我还是第一次在如此近的距离欣赏这么高水准的演奏。看着人家的运弓和指法，我又一次为当年的自己自惭形秽。与此同时，我的左手指尖也不可遏制地颤抖了起来。

那首曲子很短，不到二十分钟就结束了。余音未了，观众们便爆发出热烈的掌声。比起大剧院里只能远观的交响乐，室内乐虽然单薄，却更有现宰现吃的生鲜味儿。画家尤为激动，一边鼓掌一边凑到陈金芳身边，赞赏她这个点子"太有腔调了"。陈金芳却没理会他，径直从背后绕过室内乐团，对一个翻译模样的人耳语了几句。

翻译把她的话转述给了演奏家们。马泽尔·法克先生忽然看向我，腼腆地笑笑，他身边那位年轻点儿、一头卷曲的金发的演奏家则把手里的小提琴递给了我。我下意识地接过琴，愣在当地，疑惑地看向陈金芳。

她熠熠生辉地笑着，对我说："你不是还没送我礼物吗？"说完抱起胳膊肘，做出预备聆听的姿态。

旁边那些闲人弄懂了她的意思，惊喜地掀起新一轮掌声。 大部分人都不知道我还会拉琴，交头接耳地议论着，早有两个人搂着我的肩膀，把我架到室内乐团的成员当中。 马泽尔·法克先生叽里咕噜地对我说了句什么。

翻译问我："还是柴可夫斯基，《D 大调弦乐四重奏》？"

大提琴和中提琴演奏者里，已经各有一人将乐器放到了一边，他们和那位将琴给了我的小提琴手一起走到观众群里。 演奏席上只剩下了两把小提琴，大提琴和中提琴各一把。 而马泽尔·法克先生所提议演奏的那首曲目，几乎是所有专业学过琴的人都烂熟于心的，它的旋律柔美之至，难度又不大，特别适合即兴演奏。 当年在金帆乐团的时候，我与人合作演出过这首曲子不下十次。

马泽尔·法克先生对我扬了扬眉毛，率先拿起琴，奏出"如歌的行板"里的几个小节。 那是柴可夫斯基这首曲子里最脍炙人口的段落。 然后，他用对待孩子的目光启发性地看着我。

然而我却仍在发愣。 脑子里乱成一团糟，耳中嗡嗡作响，心脏在胸膛里咚咚跳动。 那一刻，我简直不知自己身在何方。 我感觉到自己正在出冷汗，新换上的衬衫都被浸湿了。

观众们又开始议论，他们大概是认为我太久没拉琴，因为技艺生疏而怯场了吧。 陈金芳仿佛也有了一丝紧张，但眼神仍是期待的。

"你过去不是常拉这首……"我听见她对我说。 她唇红齿白，嘴部动作如同慢镜头，一个字一个字地把话钉到了我的耳朵里。我突然感到意识深处有什么地方在疼，在流血。我确凿无疑地受伤了。

接下来，我的举动在众人眼里一定显得非常决然——把琴放在木椅子上，将他们甩在身后，走出了大厅。一楼的咖啡馆里空无一人，服务员们正靠在吧台上聊天。夜风清凉，从楼梯口直灌进来，却没能让我醒过神来。我的头脑就像锅盖下的滚水，正在反复沸腾，但又处在巨大的压抑之下。背后有人在叫我，当然是陈金芳了。

她的高跟鞋发出咯噔咯噔的回响，转眼间把我拦在建筑物外的林荫道上。因为跑得急，陈金芳半张着嘴喘气，眼神竟然是含情脉脉的。

"你怎么了？"她问我，同时把手搭在我的胳膊上划拉着，"我还以为这么安排会让你高兴呢……我是真心想谢谢你，那不是空话。"

我没出声，木然地打量眼前这女人。天上难得有轮大月亮，她在银光下闪闪发亮，妙相庄严，简直像某种贵金属雕成的塑像。

见我没说话，陈金芳便锲而不舍地安慰着我，语调已经接近呢喃了："我知道你常年不拉琴，手生了，但这没什么要紧的，又没人会笑话你……再说就算别人不爱听，我也爱听，真的。现在也不知怎么搞的，岁数越大，我就越觉得小时候特别美好。我多想让过去的情景重来一遍呀，那样才算这么多年的辛苦没白受……我也一直特别替你可惜……"

她说着，手便慢慢地攀上来，揽住了我的脖子。我不由自主地把头低下去，再低下去，像寻求保护一般往她怀里扎过去。我几乎被她搂在怀里了，她身上的气味像潮水一样涌上来，上面一层是香水味儿和昂贵服装的布料味儿，下面一层就是陈金芳特有的气息了。那味道我曾经狠狠地嗅过，历经岁月竟然没变。就像她说的，我们多想让过去的情景重来一遍啊……

但转眼之间，我心里那迷乱的柔情便灰飞烟灭了。我像奋力游水的虾米一样直起躯干，将她的手弹开——这还不够，我的手也伸了出去，推了她一个趔趄。

"你有什么了不起的？"我咬牙切齿地说。

"你说什么？"陈金芳瞪大眼睛，惶然又委屈地看着我。

"我说——"我心里充满把什么东西碾碎的快意，"你有什么了不起的？"

她如遭电击，不认识似的看着我。而这正是我想要的效果。我冷笑了一声，头也不回地走了。

对于那天晚上的事情，我毫无悔意。我觉得自己做了一件特别不情愿，但又必须去干的事情。权且抱着自我剖析的态度分析一下失态的原因吧：我感觉受到了莫大的屈辱，与之伴随的，还有古怪的自我厌恶。把名气很大的国外乐团请来"唱堂会"，还让他们给我充当陪练，这样的手笔不可谓不豪迈。而陈金芳一掷千金，想要制造出怎样的效果呢？

无非是：她以她汪洋恣肆的爱和善良拯救了我——一个消沉的半吊子琴手。 这个模式像好莱坞电影一样俗套，她扮演的简直是他妈的圣母。 她哪里知道，小提琴演奏对于现在的我来说，已经成了一段发炎的盲肠，只能凭空增加痛感。 在我看来，她让"过去的情景重来一遍"的愿望也代表了某一类中国人特有的狂妄：他们自以为吃过苦中苦成了人上人，就有资格操控身边的一切，甚至敢于让时间倒流。

不能让他们如愿！ 我既恶意又理直气壮地想。 与此同时，我突然又想到了我的前老婆茉莉。 她当初心甘情愿地给我提供软饭，会不会也是出于某种自我奉献的表演欲呢？ 只不过后来她演腻歪了。 而我同意跟她离婚，是否并非出于爱，而是出于某种自己当时都没意识到的恨呢？

这个发现让我悲哀极了。 对于生活，我只剩下了一项权利，那就是破罐子破摔。

从那以后，我就没有再联系过陈金芳，陈金芳也没有找过我。 我们闹掰了的消息一定很快就在圈子里传开了，各路人马都主动与我疏远，就连我介绍给她的那些朋友也开始假装不认识我了。 趁此机会，我重新整理了生活，每天准时上班，下班回家自己做饭，有了空暇就用于锻炼身体和闭门读书。 从华而不实的应酬中脱身之后，我迅速瘦了一圈儿，但人却变得紧实了，精神也安稳下来。 活像个洗尽铅华的从良妓女。

日子就那么过去。 再次听到陈金芳的消息，又是半年以后了。

那天晚上十一点多，我已经洗完澡上床，正锲而不舍地啃着一本艰深晦涩的外国小说，手机突然响了。是那个"立体现实主义"画家。

"我都睡了。"听到那个久违的声音，我有些不知道该怎么和对方打招呼。

画家则明显喝多了，连舌头都大了一圈。他口齿不清地重复："就是想跟你聊聊……我就在你家附近呢。"

又威胁我："你要不出来，我就钻车轮子底下去。"

我只好披上衣服出门。又是一个冬天来了，长安街沿线路旁那些白杨树都落尽了叶子，树梢上却沉甸甸地耸动着大片黑影，原来是晚上来此栖息的乌鸦。夜风像飞溅而来的冰碴，吹在脸上，似有什么东西溶化。我在翠微商场附近的十字路口找到画家时，他正抖擞着朝一根电线杆子撒尿。

看到我来，画家一边提裤子，一边凄然地说："兄弟，我他妈让人骗了。"

我把他拽到商场一楼夜间营业的麦当劳，要了杯咖啡让他醒酒。画家的确没少喝，五次三番拿脑袋往塑料桌子上撞，毛衣前襟上挂满了亮晶晶的口水。旁边两个谈恋爱的中学生像看戏一样打量着我们。我有点儿不耐烦，打着哈欠威胁画家：

"消停点儿，要不我也管不了你了，只能打电话叫收容所的人。"

"别走别走。"画家挥舞着双臂拉住我，适时地停止了借酒耍疯，然后朝我倒起苦水来。他所说的上当受骗，指的还是陈金芳替他到德国办画展的事儿。她吊了画家一年的胃口，不仅没有兑现，而且还以"缴纳策展担保费用"为由，把以前付给他的定金都拿了回去。画家心里越来越虚，终于忍不住向陈金芳摊了牌，得到的答复却是德国那个基金会倒闭了，合同只能作废。画家一气之下想打官司，却被工商部门告知那个"艺术品投资公司"的法人代表不是陈金芳而是胡马尼，现在胡马尼已经不知道跑到哪儿去了。

说起来，画家在这桩买卖里并没有吃什么实质性的亏，他只是感到自己偌大年纪还被人耍得团团转，很丢面子。而作为一个艺术工作者，这人也挺有自省精神：

"其实也怪我自己，太想在国外折腾出点儿名堂来了，艺术这个行当又没什么理性可言……结果糊涂油蒙了心，一点儿也没防备……"

我心里疑窦丛生，但嘴上也只能敷衍着劝他："也没什么，您还可以继续画，机会别处也有。"

画家捂住脸："要是别的地方看得上我，我也不至于被那娘儿们牵着鼻子走……我都这么大岁数了，估计也不会有什么起色了。"

然后，他又把手张开，好像对小孩儿做了个"变脸"的游戏："还是你聪明。你早就看出她是在招摇撞骗了吧？"

"那倒真没有……"

"她有没有管你借钱？ 听说她找不少人借过。"

"有人借她吗？"

"那当然不会了。 那帮孙子都比猴儿还精。"

我忽然想到：如果当初没跟陈金芳断绝联系，画家会不会把我也看成她的同伙呢？ 如果是那样，现在的局面就不是他找我诉苦，而是跟我玩儿命了。 我的心里忽然充满厌烦，冷冷地对画家说：

"那你往后也学精点儿呗。"

画家向我转述的那些情况，自然让我联想到了陈金芳与 b 哥的合作项目。 回到家后，我本想给 b 哥打个电话，但想了想，还是作罢。 没过两天，报纸上的新闻就证实了我的猜测。 欧盟突然启动了对我国太阳能产业的"双返"调查，他们认为中国政府大量补贴某些光伏厂商，以超低价格垄断市场。 欧方扬言对中国产品征收高额的惩罚性关税，而在这个消息正式公布之前，走漏出来的风声已经掀起了轩然大波。主要的影响是在金融方面。 银行和风险投资纷纷逃离，许多在建项目所在地的政府也打起了退堂鼓，不久前蜂拥而入的投机分子变成了退潮后晾在沙滩上的鱼。

几天之后，我突然接到了 b 哥的电话。 他嗓音干哑，说话出乎意料地简短，只是让我赶紧到四合院来一趟。 一进正厅，我便看到红木家具都蒙上了厚厚的棉布罩子，b 哥正在给保姆和厨子分发遣散费。 他的脚下立着一只巨大的旅行箱。

"看见没有？ 哥哥我要跑路了。"b 哥不动声色地说。

"我会帮你照顾姨太太的。"为了缓解压抑的气氛，我开了个无聊的玩笑，"回来等着抱儿子吧。"

"丫跑得比我还快呢，早不知道哪儿去了，临走还顺走我好几样古玩。"b 哥坏笑了一下，"这帮女的就是这样，平常办事儿磨磨叽叽，大难临头各自飞的时候比谁都利索。 她哪儿知道，我也想趁机甩了她——我告诉她这次玩儿砸了，倾家荡产了，没准儿还得坐牢，其实远到不了那个地步。 江苏那个项目我只是牵头，自己根本没往里投入多少，玩儿的基本上都是别人的钱，等到风头过去之后，照样是一条好汉……"

"那你跑什么路啊？"

"那帮人玩儿不起啊。 我给他们分钱的时候都美着呢，现在亏本儿了，一个个跟死了亲妈似的，堵着家门口管我要钱，还有号称要找人卸我一条腿的……有这么不讲理的人吗？ 投资有风险，入市须谨慎，这话我当初不是没提醒过他们，是他们非追着我要参股的，这时候翻脸不认人了……"

我木讷地听他骂着街，明白自己再说什么都是废话了。b 哥拽起箱子，扔给我两串钥匙："这是我这院子的钥匙，车你也先开着。 隔三岔五过来给花儿浇浇水，不怕麻烦就找人保养保养家具——碰上要债的就说我死了。"

我开着 b 哥的"捷豹"，把他送到了机场。 临下车，他拿出烟来，跟我凑了个火儿，歪着脖子吧嗒吧嗒地抽。

"对了，还没说你要去哪儿呢。"我问他。

"恕我不能明言——这是原则。 跑路就得有个跑路的样子嘛。"

我迟疑了片刻，终于又开口问："陈金……哦不陈予倩，她找没找过你？"

"没有。 项目出事儿以后，她就再没露过面。"b哥突然叹了口气，语调也低沉下来，"假如我没看错人的话，她要承担的后果是最惨痛的。 别人拿出来的都是闲钱，只有她，很可能把什么都押上了……还是那句话，我们这样的买卖，本来就不是她能玩儿的。"

我默默地把烟头扔了，没接他的话。 b哥又说了几句"等我南霸天回来"之类的豪言壮语，然后就戴上墨镜，缩头哈腰地跳下车，很像那么回事儿地跑路去了。 自从机场高速改为单向收费，回城的那个方向总是很堵。 还没到五元桥，车流干脆就停止不动了，前面的司机纷纷下车，伸着脖子张望着是不是出了事故。 我溜了个边儿，开着"捷豹"从应急车道拐上了一座高架桥。

出了收费站前行几公里，便看见了熟悉的景色。 那片地方恰好是五环外的"文化创意产业园"附近，陈金芳的公司就在不远。 我恍惚了一下，把车拐进了产业园正门。 那栋三层小楼像没事儿人似的矗立在树荫里，楼上的灯却全灭了。 我停车上楼，不出意料地看见了玻璃门上挂着的链子锁，还有一张简短的封条。 物业公司声称，因为陈金芳的公司拖欠租金长达数月，已经收回了房屋的使用权。 而就在几乎一眨眼以前的日子里，我们曾经在那扇门里觥筹交错、装疯卖傻、口吐莲花。 那里面似乎永远有酒，有音乐，有不知忧愁为何物的红男绿女。 在和陈金芳重逢的一年多里，我看着她起高楼，看着她宴宾客，看着她楼塌了。

凝视着封条和链子锁，我突然又回忆起了她在豁子的资助下，开过的那间服装店。 虽然陈金芳早已改头换面，但最近的经历，只不过是把她的当年重复了一遍而已。 在那个服装店里，我曾经狠狠地拥抱过她；在眼前这个公司楼下，我又像混蛋一样把她推开了。 我曾经从她身上找到过安慰，也曾经把郁积在心里的怨气没头没脑地撒在了她身上。 如今，我只能躲着楼下咖啡馆服务员狐疑的眼神，在暮色的掩护下匆匆离开。

我最后一次见到陈金芳，是在大约两个月以后。

那时天已经彻底转冷，但离过节还有段日子。 中国与西方的多项贸易谈判还在胶着地进行，毫无进展。 受此影响，很多原先呼风唤雨的大人物都破了产。 加入跑路队伍的商人越来越多，b 哥仍然不见踪影。 面对经济领域的困局，国家高层发出了"共度时艰"的号召。

那天我正在办公室写稿，手机忽然响了。 是个从来没见过的号码。 我以为是推销房产或者保险的，便不耐烦地拒接。 过了几分钟，电话又打了过来。 我没好气地问："谁呀？"

"是我。"陈金芳的声音传了出来。

我的心往上吊了几寸:"你……还好吧?"

"不好。"陈金芳停顿了一下,接着说,"我可能快死了。"

"别开玩笑了。"我说。

"真的……我以前骗过你吗?"陈金芳说,"我现在实在找不着别人了……"

她的口气让我不由得恐惧起来。我迅速问了她在哪儿,然后请了个假,开车出门。

陈金芳所说的那个地址,在东四环麦子店附近的一栋筒子楼里。那儿的房子十分老旧,租住的都是刚来北京不久的年轻人。逼仄的土路两旁摆满了小摊,生锈的自行车横七竖八地堆放着。离楼门洞还有半里路,b哥那辆"捷豹"车就再也过不去了,我只好步行。上楼梯的时候,我差点儿和两个香喷喷的姑娘撞了个满怀,她们翻着二两重的人造睫毛,用东北话问我"大哥咋不看着点儿呢"。

陈金芳所说的房间在三楼走廊尽头。我推了推门,门没锁,四十瓦灯泡的光亮稀薄地渗透出来。屋里除了一桌、一床、一张塌陷的沙发,就再也没有其他家具了。家具上端坐着陈金芳,她腰背挺直,在昏暗的背景中,脖子的曲线像某种水禽般宛转。

我叫了她一声,她像睡着了一样没吭气。这时,我才看见她的脸上有大片的瘀青,明显是被人打的,嘴唇都肿了起来。 我还看见了沙发腿之间的那摊积血。 血是顺着她的左手流下来的，把长筒袜都浸透了，并且还在以肉眼不易察觉的速度漫延着。

我随即看见了她腕子上的伤口——半寸来长，下刀想必非常果决，皮肉都被劐开了。 而陈金芳这时才意识到我来了，她睁开眼，歉意地对我笑笑。

"本来想自杀来着，不过我没有自己想象的那么胆儿大，一看见血就害怕了，不敢死了。"她说，"只好再麻烦你一趟了。"

我心里翻涌着，说不出话，弯腰一把揽起她。 抱着她往外跑的时候，我感到她的体温比正常人低了许多，但搂在我脖子上的那条胳膊却还是那么有劲儿，手隔着外衣，抓得我的肩膀都疼了。 跑过楼外那条小道时，熙攘的人群自动散开，人们瞠目结舌地围观着。 在余光里，我看见陈金芳的血不间断地滴到地上，在坚硬的土路上绽开成一串串微小的红花。 这么多年过去了，陈金芳仍在用这种方式描绘着这个城市，然而新的痕迹和旧的一样，转眼之间就会消失。

我把她送到了最近的一所医院。 过了晚饭时间，医生终于结束了工作，出来告诉我"抢救基本成功"。 又有一个工作人员催促我去补办住院手续。

等到一切忙完，天已经黑了。 我踱进陈金芳的病房。她的邻床是一位在小诊所刮宫造成大出血的女人，一直在满嘴脏话地喊疼；而陈金芳则紧闭着双眼，咬着嘴唇一声不吭，脸白得几近透明，连皮肤底下的筋络都浮现了出来。

但她的听觉却变得灵敏多了，迅速从女人的叫骂声中分辨出了我的脚步。她睁大眼睛，侧头朝向我，眼神向锥子一样。

"谢谢你啊。"

"没什么。"我舔了舔嘴唇，忽然脱口而出，"上次那么对你……实在是对不起。我太不识抬举了。"

陈金芳笑了一笑，也许是失血过多的缘故，她的脸上出现了许多纵横发散的皱纹："你又没说错，我是没什么了不起的。"

"不不，比起我你已经……"

"当然你也不怎么样。咱们半斤八两吧。"她又接上一句。

我们有气无力地相视一笑。旁边那个女人的声音又高亢了起来：

"我操你妈的。

我操你妈的。

我操你妈的。"

我在医院的走廊守了一夜。第二天，医生说陈金芳的情况已经稳定了下来，我才回到单位去上班。这以后的两天，我每天晚上会到病房看她，但她大部分时间都在昏睡，醒了也闭着眼睛，仿佛仍在虚弱地苦挨。我自然也不好跟她说什么。

到了第三天，我才走进病房走廊，就看见长椅上并排坐着两团人——的确是"团"，一男一女，身材都矮而肥胖，穿着鼓鼓囊囊的棉大衣。尽管多年不见，但我立刻反应过来，他们是陈金芳的姐姐和姐夫。

他们的模样也大变了。许福龙不再是那条精壮有力的汉子，他佝偻着腰，缺了几颗牙，连嘴唇都瘪了进去。陈金芳她姐呢，那对引以为傲的大乳房早就垂到肚皮的位置上去了。他们面无表情，脸上笼罩着脏兮兮的沧桑，一看就是常年都在干体力活儿。

我在他们面前站住脚，陈金芳她姐半张着嘴，打量了我半天，也没认出我来。我只好自我介绍是陈金芳的"朋友"。

陈金芳她姐的第一句话就是："她没欠你钱吧？"

得到否定的回答后，她的表情却变得恶狠狠的了："她坑的全是自己人。"

接着，这两口子便围住我，倒好像我是个能解决问题的大人物，东一嘴西一嘴地痛陈起来。他们的讲述解开了我长时间里对陈金芳的疑惑。

她从来就没正经八百地有钱过。十多年前离开北京后，陈金芳便南下广东，先是在服装厂里做工，后来又到了深圳。在那几年里，她先后和好几个男人姘居过，一直在尝试着做买卖，又一直在亏本。每次经营失败，她都要靠男人去还债或者积累下一轮本钱。"这和卖没什么不一样。"村里人说。 她让她的家人长期抬不起头来。 但不知从什么时候开始，陈金芳的形象就变了。 她开始开着轿车回老家，有时还带着一两个西服革履的合伙人来"考察"。 她翻修了老房子，给姐姐姐夫家添置了全套家电，母亲过世后还举办过十里八乡最辉煌的葬礼。 花出去的可都是真金白银哪，亲戚朋友们又顺理成章地对她刮目相看，大家都觉得她如今是一个"能人"了。

几乎是凑巧，没过两年，她的老家掀起了一场浩大的造城运动。 经历了反复的说服、恐吓、群殴、威胁自焚，村里的土地终于被一个工业开发园占用，乡民们被搬迁上楼，拿到了或多或少的补偿款。 那些钱却成了乡亲们新的难题。本地民风勤勉，大家自知不能坐吃山空，但想要做点小买卖，又往往不得要领。 有年轻一些的到县里去开过杂货店和录像厅，很快就铩羽而归，还染上了吃喝嫖赌的劣习。 这个当口，陈金芳又回来了。 她宣称自己和人在深圳那边搞项目，大家可以把钱交给她去投资，一分五的高利率，不出几年就能翻番。 刚开始，人们将信将疑，入股的人不多，只有她姐姐和几个堂兄弟，交给陈金芳的钱也很有限。 但不出半年，返回来的"分红"就让越来越多的人动了心。 又有人到陈金芳在深圳的公司去打探过，传回来的信息是她真成了大老板，办公室比镇长的还要大。

"那时候哪知道她是非法集资……现在又被警察定性成诈骗。"陈金芳她姐痴愣愣地陈述道，"她给我们的分红都是拿自己那份拆迁款垫付的，办公室也是临时租的。"接下来，村里人争先恐后地到陈金芳那儿去"入股"，连村干部都加入了进来。有个民办教师还要求陈金芳把自己的儿子招进公司里，"学着做点事"——这么做，当然有监视她的成分在里面。有文化的人心眼儿是要多一些。但一个刚从大专院校毕业的愣头青又怎么是陈金芳的对手？没过两个月，这个叫胡马尼的小伙子就被她收拢了过去，成了她的同伙兼新一任姘头。

陈金芳带着胡马尼，又在广东晃荡了两年。他们过得花天酒地，用乡亲们的钱投资过工厂，也炒过股票，但始终没有折腾出大名堂来，还被更"聪明"的人骗了不少。寄回村里的红利不能减少，募集来的本金则日益捉襟见肘。眼看着就要走到绝路，陈金芳决定最后一搏。她改了身份，离开深圳来到北京，一心开拓更"高端"的人脉，做些一本万利的大买卖。在此之后，她的生活就是我亲眼见证的了。她混进了天花乱坠的艺术圈子，又搭上了 b 哥那样的专业投机客，貌似有了逆转局面的机会，但最终彻底崩盘。

陈金芳把事情"搞砸了"以后，胡马尼突然悔恨万分，正义感也冒了出来。在藏身的筒子楼里，他代表全村人民怒斥了这个女骗子，将陈金芳推到沙发上，狠狠地揍了她一顿，然后就浪子回头地回村报信去了。

陈金芳她姐把话说完，便站起来走到病房门外，透过窗子呆滞地往里望着。因为身材矮，她需要轮番踮起脚，重心一会儿压在左脚上，一会儿压在右脚上，好像在跳芭蕾舞。我不知道陈金芳是否也在从里面看着她。 又过了一会儿，警察就来了。 两个老家市局的，一个北京派出所的协办人员。他们向医院的人出示文件，说明情况，一个老警察对许福龙吆喝了一声。 然后，陈金芳的姐姐姐夫便走进去，把陈金芳的移动病床推出来，走到走廊门口。 那里停着一辆外地牌照的依维柯警车，还放了一副担架。

陈金芳被抬上担架的时候，我意识到告别的时刻到来了，便默默地走了过去，从上往下看着她。 陈金芳眯着眼，仿佛被太阳晃到了。

我局促了一下，说："再见。"

"再见。"她的声音出人意料地清脆，还有种一切都安顿好了的踏实的感觉。

这样的道别倒也平和，甚至还称得上有几分洒脱。 然而被抬进依维柯的后备箱时，陈金芳突然欠起身来，直勾勾地盯着我。

"我只是想活得有点儿人样。"这是她对我说的最后一句话。 这话让我震颤了一下，连车子开走都没有意识到。 等我醒过神来，眼前已经空无一人。 我的灵魂仿佛出窍，越升越高，透过重重雾霾俯瞰着我出生、长大、长年混迹的城市。 这座城里，我看到无数豪杰归于落寞，也看到无数作女变成怨妇。 我看到美梦惊醒，也看到青春老去。 人们焕发出来的能量无穷无尽，在半空中盘旋，合奏成周而复始的乐章。

地球の眼

1

在我大学时认识的那些狐朋狗友里，后来混得最差的叫安小男，混得最好的叫李牧光。 这本来没有什么值得多说的，人嘛，都有混得好的和混得不好的。 尤其是如今这个年头，两个阵营之间的差距越拉越大，几乎有变成两个物种的趋势了。 不过我想指出的是，混得最差的安小男原来可没有那么差，相应地，混得最好的李牧光原来也没有那么好。 他们在学校里的状况和后来的境遇恰好相反。 当然，这也没什么奇怪的。 社会嘛，通行的标准肯定不是上学时的那一套，否则"混"这个词也就没有那么准确而传神了。

那么我想说的究竟是什么呢？ 恐怕是安小男和李牧光之间那段奇特的雇佣关系。

还是先介绍一下安小男。 他本来跟我不是一个系的，念的是"电子信息和自动化"，但是宿舍离我很近，就隔着一个水房。 对于理科生，我们这些读文科的往往有一种偏见，认为他们大脑发达但是思维狭隘，生活很没有情趣。 当我们像孔雀开屏一样每天不知道瞎咋呼些什么的时候，他们却在实验室里吭叽吭叽地埋头干活，课余时间也就是守在电脑前面打游戏或者下"毛片"。埋头干活是为了拿学分，打游戏是为了放松大脑，下载"毛片"是为了在右手的帮助下抚慰肉体，他们所做的一切事情都有着简单而明确的目的。也就是说，做什么事情都必须"有用"，这是他们普遍信奉的生活哲学。然而安小男却好像和大多数理科生不一样，他跟我熟起来，恰恰是通过讨论一些"没用"的话题。

当时正是盛夏天气，学校的考试季快到了，我闲散了一个学期，如今只好捧着复印来的笔记到图书馆里死记硬背。这种工作是很折磨人的，往往还没有背上两条名词解释，我就会不停地打哈欠、流眼泪，然后不得不跑到楼下去抽一根烟。一根不够就两根，两根不够就三根，其间还要喝汽水买零食，再瞄两眼穿得比较暴露的女同学，一个晚上下来，浪费的时间肯定要比背书的时间长得多。有一次正坐在水泥台阶上发呆，背后忽然有人叫了我一声：

"这位同学……"

一回头，便看见一张又瘦又黄、胡子拉碴的脸，让人想起北京人用来搓澡的老丝瓜。我想了想，似乎是在宿舍楼道里见过这人的，便问他："有事儿吗？"

"你是历史系的吧？"

"是呀，咱们共用一个厕所。"

"你对中国历史一定很有见解。"

"至今还比较懵懂……期末考试可能会挂。"

他又说："那么就是说，你主要在研究中国社会的当下问题喽？"

我有点儿被搞晕了，但也只好敷衍道："这就更不是区区不才所能关心的啦。"

这人却热情地一拍我的肩膀："你太谦虚啦——咱们谈一谈怎么样？"

说完就一屁股坐在了我身旁的台阶上，瘦膝盖尖锐地顶到下巴上，脸却四十五度角上扬，呈现出一副很有情怀的样子。我更加惶惑了，同时还稍微有了一点不安，不自觉地把身体往另一侧挪了挪，问他："你想谈什么呢？"

"谈一谈中国的历史、现状以及中国会向何方去？"

"这也太宏大了吧。"

"那么就谈谈中国人的道德问题好了。你觉得当前的形势是不是很严峻，我们这个社会的道德体系是不是失效了？"

面对他那诚恳而热情的目光，我吭叽了半天，说："这又太抽象了。就算我想谈，你又让我从何说起呢？"

"怎么会抽象呢？我的问题非常具体，而且离每个人都并不遥远。"他说着，突然把手往半空中的某个方位一扬，"比如说那里，很可能就存在着严重的道德缺失。"

我顺着他的手，也朝斜上方四十五度角望了过去。我看到远处的围墙之外，一幢碉堡般的建筑物耸立入云。那是我们学校的"三产"，一个在中关村乃至全北京都很著名的电脑城，里面每天川流不息着形形色色的高科技二道贩子。 而现在已经是晚上八点来钟，电脑城通体黑黝黝的，只留下顶端的一圈儿航空警示灯正在有规律地明灭着，仿佛这幢大楼正在呼吸。 分明是指路明灯，他是怎么看出道德问题来的呢？

"恕我肉眼凡胎……"

那人一拍膝盖，"咳"了一声，语速飞快地对我讲解起来："国家规定，离地高度 90 米以上的建筑物航空警示灯，其闪光频率应为每分钟 20 至 60 次，有效光强不低于 1600 坎德拉——坎德拉也就是一种光学上的计量单位。 然而根据我的实地测量，这幢大楼上的警示灯是每四秒钟才闪烁一次，也就是说每分钟只有 15 次。 更危险的是，光强也根本没有达标，在下雨或者大雾天气，很难对几百米上空的飞机起到提示作用。 我还查了一下，国内生产信号灯的厂家很多，达到法定标准也并不需要多么先进的技术，那么采购的人为什么非要选择这种不合格产品呢？ 这分明就是拿了回扣嘛……这不是腐败又是什么？ 而腐败的根源难道不是道德败坏吗？"

作为一个高中"分科"以后就没有再翻过物理课本的人，我固然对他的那些技术用语感到糊涂，而好不容易听明白大概意思之后，糊涂的感觉却越发加剧了。 我仍然想不出来几盏劣质信号灯有什么值得大书特书的。 说句不好听的，就是真有一架飞机晕头转向地撞上了我们学校的电脑城，那儿离我睡觉的宿舍也还远着呢。 进而，我不得不把眼前这位仁兄归入了"校园神经病"的行列。 在我们这所号称兼收并蓄的大学里，这类人还是比较常见的。 其中的女神经病症状倒还温和，顶多是到比较英俊、比较有风度的老师（比如中文系的一位著名诗人）课上去发发春，当堂朗诵几首题为"翡冷翠"或者"我底爱人"之类的诗歌什么的。 男神经病就要激烈得多，我在上《中国思想史》这门课的时候，曾经见过一个长相很像弗拉基米尔－伊里奇的"超实用主义民间哲学家"，他提出了一个论调，说的是应该把社会上那些"没用的人"统统消灭，肉做成罐头，脂肪用来生产力士香皂，皮拿去做鞋。 他宣称，如果国务院采纳了他的建议，那么中华民族的伟大复兴也就指日可待了。 然而所谓"校园神经病"大多数是一些半流浪状态下的旁听生，还有那些考了几年研究生都没考上的落榜者，年龄也都在三四十岁，而这人明明是个热门专业的在校生，他发哪门子神经啊。

更加让我纳闷并且懊恼的是，图书馆门口进进出出这么多人，他干吗非要找我来"谈一谈"呢？ 难道我看起来比别人精神不正常吗？

于是我截断了他的话头："打住打住，我可没工夫听你瞎咧咧。"

"我知道你是个谦虚而低调的人。"他居然露出了委屈的神色，"如果你觉得我的分析不够深入，没有触及本质，你可以反驳我，但不能把我扔下不管哪。 我确实很想听听你的见解。"

听起来好像我对他、对中国社会负有多大的责任似的。我差点儿急了："凭什么呀？ 你想跟我聊天我就必须陪你聊吗？ 这不是牛不喝水强按头吗？ 你把我当什么了？ 三陪？你给我钱了吗？"

对于我的一连串问话，眼前这人却不慌不忙，从随身携带的旧帆布包里拿出一摞书来。 上面的几本分别是《中国大趋势》《中国可以说不》《中国何以说不》，而压在底下的那本则名叫《谁敢不让中国说不》。 看到那色调花花绿绿，仿佛刚拍扁了一只老鼠的图书封面，我突然傻了眼，又好像明白了什么。

"这难道不是你的著作吗？ 我在楼道里见过你连夜整理书稿。"

他没说错，那本跟风烂书的确出自我手，但这么说又有点不全面。 真实的情况是，我在上个学期想和女朋友郭雨燕去九寨沟旅游，便经人介绍从一个书商那儿领了这个活儿，打算用挣来的钱支付路费、门票和宾馆的房费。 书里面的内容全是我去网上扒下来，再胡乱拼贴到一块儿的，至于署名，我给自己取了个颇有"民国范儿"也颇有自知之明的笔名，叫"老放"——比起"老舍"和"老残"，我所干的事儿和通篇放屁也没什么区别。 顺便说一句，这本《谁敢不让中国说不》刚一上市，雇我的书商就破产跑路了，说好的报酬也没给我。 又过了没多久，郭雨燕认为我这个人既无能又言而无信，一怒之下把我给踹了。 真是赔了夫人又折兵，还导致我在考试的紧要关头遭到"热心读者"的滋扰，这都是什么事儿呀。

与此同时，我又想到了前女友郭雨燕那小狐狸般的眉眼和一对大胸，不免感到了真诚的哀伤。 我站起来，茫然四望，想找个由头甩开身边这人。 恰好这时，我的身后又扬起了一个清脆的声音：

"咦，你怎么会认识他这种怪胎？"

我再次回头，看到的却是我的表妹林琳。 她是比我低两届的数学系学生，长了一张白白嫩嫩的娃娃脸，眼睛又黑又亮，眼窝还有点儿异族风情的凹陷，看起来好像用气枪"乒乓"两声，把两颗葡萄打进了一坨奶油里。 兄妹两人都考进了同一所著名的大学，这很可以被传为一段佳话，也说明我们家族的基因比较优秀——可能主要来源于我姥爷那边儿，他当过"反动学术权威"嘛。 然而我这个表妹自打入校伊始，就对我鼻子不是鼻子眼睛不是眼睛的，几乎见面如仇人。 当然，我也有做得不对的地方，我曾经以林琳为诱饵，勒索那些暗恋她的傻小子请我泡酒吧、打台球、到小西天的中影公司放映厅看进口大片，甚至还打算召集全体有姐姐妹妹的男同学，组建一个"换亲俱乐部"，把"因为太熟而不能下手的资源"转化为"可以下手的资源"。 林琳在毫不知情的状态下，已经被我同时许配给七八个人了。

而这时，我的第一反应是，难道林琳也认识这人，并且也认为他是一个怪胎吗？ 可再一打量，她说话时的眼神明明是看向我身旁那人的。 也就是说，她在向对方宣布我是一个怪胎。 我不由得气哼哼地说："我好歹也是你哥。"

"狗屁哥。"林琳同样气哼哼地说，"摊上你这种哥，我算是倒了血霉啦。"

然后忽闪着大眼睛对那人说："你是安小男吧？ 我在去年的高数冬令营里见过你。 你解开那道函数方程的思路，我一直都没有想明白……"

那人却露出了和刚才的我如出一辙的惶惑，然后又转换成了乏味。 他把我的著作和其他几本书一起放进包里，站起来说："问我也没用，我也讲不明白。 你自己查查书去吧。"

说完拍拍屁股就走了。

作为一个长期被本系男生像狗似的围着"嗅"的漂亮女孩，林琳遭受到这种待遇，恐怕还是破天荒头一回。 我心里产生了古怪的快意，顺便问她这个安小男是什么来头，脑子到底有没有被驴踢过。 林琳却鄙夷地瞥了我一眼，说："就你，还看不起人家呢？"

据林琳介绍，安小男的确是个"神人"，这里的"神"是神奇的"神"，而非神神道道的"神"。 他简直可以被称为近几届理科生中的传奇：高中曾经获得过奥林匹克数学竞赛的金牌；从来没上过高等数学、理论物理的专业课，但考试的时候随随便便一写就是满分；可以背诵小数点后一千多位的圆周率……他还是个电脑高手，不管多复杂的计算机编程语言，只要看一遍就无师自通。据说电子系的系主任，一位年近七十的老院士曾经摩挲着他的脑袋，笃定地说：

"这里面装着半个硅谷！"

这话说的，倒令我感到那位"民间哲学家"的思想应该修正：需要活体利用的其实是安小男这样的奇才，只要把他的大脑像杏仁豆腐一样一勺一勺地掘出来，就够中科院之类的单位忙活上几十年的了。

林琳又问我："他找你做什么？"

我矜持地说："事实上，他有一些问题向我请教。"

林琳的眼神更加鄙夷了，仿佛在看《围城》里自称"被罗素请教过几个问题"的野鸡哲学家褚慎明。而我也的确疑惑起来：安小男为什么会对《中国可以说不》、《中国何以说不》以及《谁敢不让中国说不》这样的狗屁玩意儿感兴趣呢？经过一番思索，我的答案是：这恰恰可能是因为他太聪明了。作为一个不世出的奇才，"自然科学"这个确定性的、答案一望可知的领域令安小男感到了乏味，而"人文思想"的本质是混乱的、含糊的，想不明白的东西更能容纳他那无穷无尽的智力，也就更让他觉得有意思。就像老鼠特别爱啃桌子腿一样，是因为桌子腿好吃吗？不不不，只是由于老鼠的牙齿过于发达。这样一想，我在感到滑稽的同时，又有了那么一点肃然起敬。

总而言之，经过那天晚上的一面之交，我和安小男就熟悉了起来。 一个楼道里低头不见抬头见，我在此后又被他频频骚扰，请教一些历史学以及有关"中国社会"的问题。 他的请教常常发生在厕所里，有时我们正在并排尿着，他突然就撇过来一句：

"农耕文明是否终将被海洋文明打败？"

或者我正在蹲坑，他从隔板外面撇过来一句："官僚体制是否扼杀了中国社会的创新能力？"

他那虚心向学的态度令我越来越不好意思了，而在这期间，又发生了一个让人哭笑不得的小插曲：我表妹林琳写了一封信，逼我转交给安小男。 那封信我毫不犹豫地拆开来偷看了，内容很简洁，说的是她有几道数学难题一直没解开，想请安小男帮她讲解一下；还说希望安小男能和她结成"对子"，在晚自习期间一起探讨、共同进步。 言辞虽然纯洁，可是其心昭昭——对于文科生而言，恋爱的发端是借书，对于理科生就变成解习题了。

"你是不是对他有意思啦？"我直截了当地问林琳。

林琳还想抵赖："你管得着吗？"

"当然要管，狗屁哥也是哥嘛。"我苦口婆心地劝她，"我知道在你看来，安小男有很大的优点，这个优点就是聪明。 可是找男朋友又不是数学比赛，聪明不是唯一的标准，否则你直接找台 586 去谈情说爱不就得了吗？ 对于男朋友，还是需要看看长相，看看性格，看看他有没有……魅力嘛。"

"可我恰恰觉得他有魅力。"林琳涨红了脸说,"他那副呆头呆脑的样子再配上聪明得冒尖儿的脑袋,让我觉得帅极了。"

这个小书呆子,对男性的口味也真够古怪的。 我劝不动她,只好冷笑两声,抱着看热闹的心态把信交给了安小男。而安小男自然是看不出林琳的潜台词的,他吭叽了几声,极不情愿地说:"我是看你的面子才去的。"

当晚他便离开了男生宿舍,到理科楼后面的小自习室去和林琳会面了。 这两个家伙待在一起会闹出什么样的笑话呢? 我躺在下铺饶有兴致地猜测着。 到了晚上九点多钟,安小男回来了,他敲开门告诉我"任务已经完成",我表妹的数学难题全被他解开了。

"除了数学题,你还解开了别的什么没有?"我相当下流地问。

他好像没听懂一样,继续汇报道:"不过其他的事情,她让我很为难。"

我更加好奇并且焦急了:"她让你干吗了?"

安小男说:"我们从自习室出来的时候,她突然对我说,大家都是爱学习的人,所以不要在勾勾搭搭上浪费时间,如果我喜欢她,那么就亲她一下好了。"

"你怎么做的?"

"她把脸一仰,眼睛一闭,我就趁机跑了……这不直接回来了嘛。"安小男摊摊手说。

我"咳"了一声，穿鞋出门往外就跑。 安小男居然把一个向他求吻的漂亮女孩孤零零地扔在了大街上，这他妈的是人干的事儿吗？ 好找歹找，我总算在食堂斜对面的冷饮店里找到了林琳，这时候她已经咕噜咕噜地喝下去了三瓶酸奶。好在林琳并没有因为羞辱而大哭，她只是眼神儿发直地盯着呈等边三角形排列的瓷瓶，幽幽地说了一句：

"他比我更不愿意浪费时间。"

后来林琳就再没动过谈恋爱的念头，一心念书，考 GRE（美国研究生入学考试），没过两年就出国留学去了。 而经过这件事情，我对安小男倒有了点儿模模糊糊的好感，对于他在人文学科方面的兴趣，也不得不郑重对待了起来。 为了不至于误人子弟，我劝他扔掉从地摊儿上买来的"说不"系列，转而到图书馆里找几本"有营养"的书籍进行深入学习，比如汤因比的《汤因比历史哲学》、斯塔夫里阿诺斯的《全球通史：1500 年以后的世界》和费正清的《剑桥中国史》之类的。 那些书我只是听说过却压根儿没看过，但是既然被公认为名著，那么想来应该是不错的。 况且它们还有一个共同的优点，就是厚，都是大部头，这有利于更多地消耗安小男的时间和精力，让他少来烦我。

在这么做的时候，我本人也承受着一定的思想压力。 我有时会想：我间接地助长了安小男把他那得天独厚的大脑浪费在"没有用"的事情上，这会不会导致我们国家错失一个诺贝尔奖，甚至让整个儿人类的科技进步都将蒙受巨大的损失呢？ 再举个历史八卦作为例子，抽水马桶是英国女王伊丽莎白一世的侍臣哈灵顿爵士发明的，但如果女王在当时勒令爵士先生去研究点儿别的，那么我们今天就还得忍受厕所里的臭气熏天。 但我也安慰自己：万一安小男本来会变成一个邪恶的科学家，发明出一种能够毁灭地球的机器、电磁场或者计算机程序呢？ 那么我的所作所为就相当于把全世界人民给救了。

在跟安小男的接触中，我倒是越来越有科学精神了。

就这样又熬过了一个学期，暑假来了又走，我们这茬儿学生迎来了大四学年。 重新回到学校之后，我特地昼伏夜出了好几天，为的是躲开安小男。 躲他有着另外的原因：按照他的认真劲儿以及智力水平，那几本大部头应该全都"啃"完了吧？ 如果他再来缠着我"谈一谈"，而我却一问三不知可怎么办？ 那样人可就丢大了。 事实上，随着阅读的深入，他上个学期问的那些问题已经让我越来越头疼了。 身为安小男在人文领域的指路明灯，我既感受到了荒唐的虚荣，又不知不觉地心虚了起来。 我担忧自己这个"伪劣产品"会像电脑城顶端的引航灯一样，被他有理有据地揭穿。

然而躲是躲不过的，我总得拉屎撒尿嘛。 那天晚上十点多，我夹着本书溜出了宿舍，正好在厕所门口撞上了同样夹着一本书的安小男。 只不过我手里的书是看了三遍的《笑傲江湖》，而他的则是法国历史学大师布罗代尔的《十五至十八世纪的物质文明、经济和资本主义》。 狭路相逢，我心下一凛，在那一瞬间多么希望他考一考我东方不败的男朋友叫什么名字，或者华山派共有几人为了修炼《葵花宝典》而把自己给阉了。

那当然不太可能。安小男的眼神依然热切，拉住我说："跟你说个事儿。"

"你说吧。"我又瞥了瞥他的书，心里绝望地打着鼓。

安小男却说："我想从低年级的专业课听起，把历史系的所有课程都听一遍，你说怎么样？"

我吃了一惊："你图什么呀？"

"当然是解决问题喽。"他用食指指了指太阳穴，但那动作却像是朝着自己的脑袋开了一枪，"你给我推荐的那些书我全读了……都很好。但是对于我心里的那些疑问，它们似乎都说了点儿，但又都没说清楚。再来问你呢，恐怕也不是个事儿。说句不怕得罪你的话，你和我一样年轻，和你探讨一下问题，共同进步是可以的，但要想答疑解惑，恐怕还得求助于教过你的那些老师。他们都是真正的专家，我想我有必要系统地接受一下他们的思想。"

也许安小男已经看出我是个不学无术的混混儿了。他的话让我一阵失落，同时又感到释然。但随后，我却真切地为他担忧了起来："可是咱们都已经大四了呀，马上就要找工作或者考研究生了，哪有时间去听外系的课呢？况且你还要听全本儿的。"

"那就申请延期毕业嘛。"安小男挥了挥手说，"实在不行我就转系，从历史系的大一开始念起。 我查了学校的规定，这在理论上来说是可行的。"

他那既淡然又决然的态度，简直让人想起弃医从文的鲁迅先生。 也许一个天才的脑袋，就是和我们这样的俗人不同。 但我仍然本着一个俗人的善意，继续劝解着他：

"这恐怕有些不妥……你应该三思而后行。 没必要为了爱好把专业都扔了呀，那可是你将来吃饭的手艺。"

安小男却说："我意已决。"

说完，他就错开身子走了出去，而我也没再说些什么。这一来是因为我感到自己至今仍然缺乏和他这样一个"神人"沟通的能力，二来则是因为我已经快憋不住了，再废话裤衩上就要多出一个"柿饼"来了。 后来不出我所料，安小男的延期毕业和转系申请果然闹出了不小的风波，他本人也成了我们毕业季里一桩奇闻的主角。

首先是安小男的母亲，一个肉联厂洗肠工，从河北 H 市赶到了北京。 她冲进我们学校的校务办公室，怒斥有关责任人"没有抓好学生的思想教育工作"，导致她的儿子眼看就要自毁大好前途，去钻研"连猪屎都不如的没用学问"。 她质问校方，如果安小男真的转了系，那么谁能为他注定穷酸到底的未来负责？ 又有谁能为一个含辛茹苦的寡妇的晚年生活负责？ 如果只是学生家长闹一闹，那还不算什么，但是经由这一闹，安小男的问题就演变成了电子系和历史系两个团伙之间的矛盾。 没过几天，电子系的系主任，曾经断言安小男的脑袋"装着半个硅谷"的老院士也向学校施加了压力。他表示,一般的学生倒也罢了,但是如果把安小男埋进了故纸堆,那实在是一种资源的浪费。老院士的言辞固然委婉,但也使得我所在的历史系深受侮辱,老师们抗议说,你身为一个知识分子的楷模,怎么说话的逻辑也像家庭妇女一样呢?这不还是在说历史作为一个冷门学问,不如电子、信息、自动化之类的"格致之学"有用吗?进而又不是在说学人文学科的人不如学理工科的人有用吗?你们这些学理工科的也太欺负人了,盖大楼你们先盖,拿项目经费你们比我们多几十倍上百倍,连买汽车都能从项目里面报销,到了这时候还不忘踩我们一脚,让不让人活了?

本来是一个学生的一厢情愿,只要稍有阻力,那么说不要也就可以不要的,但是本着不蒸馒头争口气的精神,历史系的老师却怂恿历史系的领导,跟电子系杠上了。他们向校方递交了一份意见:学生选择专业,本是个人自由,又所谓失之东隅,收之桑榆,焉知损失"半个硅谷",换不来一个范文澜、陈寅恪或者钱穆?进而又大谈历史学乃至全体人文学科之重要性,并上升到了国家民族的高度。搞文科的人都是善于言辞之士,那份意见写得冠冕堂皇,让校方也不好反驳,于是决定破例为安小男举行一个多方面试,大家来决定一下这个学生到底待在哪个系比较好。

没承想,那个面试会议又把风波推向了新的高潮。在会上,电子系的班主任先代表老院士发了言,说的还是人尽其才那一套。 安小男表情呆滞，无动于衷。 接下来，历史系颇有名气的商教授便闪亮登了场。 我们系的老师里，能在学校外面混得开的人物不多，这位商教授就是其中之一。 他入选了好几个政府机关的参事，为不少级别相当高的领导干部写过讲话稿，隔三岔五还会在党报的头版"刷"上一篇社论；而给他带来最大名气的事儿，当然还是登上过央视的《百家讲坛》，讲的好像是"中国宦官干政考"。 大家公推这样一位人物出面，可见是想先声夺人，让对方知道我们历史系也不全是碌碌鼠辈。

商教授保持着他在电视机里的一贯做派，先轻轻胡噜了一下毛泽东风格的大背头，又抖了抖西门庆风格的"五彩洒线揉头狮子"对襟唐装，然后才循循善诱地开了口。 他问道："这位同学，你贵姓？"

"姓安。"

"那么我可以叫你小安子吗？"

不得不指出，这话说得实在有些轻佻。 而商教授这个人，向来的确是轻佻的。 对于轻佻，他还专门发表过一番解释：既然我们这个社会的风气，就是把轻佻当有趣，而人在任何时代都在追求有趣，都在尽量活得不那么沉重，那么轻佻一下又何妨呢？ 他还引证说，许多历史上的名士，譬如阮籍、金圣叹和唐寅，骨子里都是些轻佻的人。 这么一说，他的轻佻好像就有了传承与深度。 再加上这套做派在电视上和领导干部的圈子里都很受欢迎，那么商教授更可以理直气壮地插科打诨下去了。

果不其然，商教授一开口，原本凝重、尴尬的会场气氛登时轻松了下来，许多人脸上不知不觉地泛上了一丝笑意。有些人就是有这样的本领，他们很善于改变周遭的"气场"。现在，全体教职工都在等着欣赏这位电视名人的表演。

对于商教授的问话，安小男的反应是愣了几秒钟，然后磕磕巴巴地说："这不妥吧。"

过了一会儿又补充道："您又不是慈禧。"

此言一出，现场的人们就真的忍俊不禁了。不要说学校教务处的领导，就连电子系那两个满脸"常量函数"的教师代表都互相看了一眼，嘴里"扑哧"一声。本来嘛，地球又不是围着一个学生转的，搞得那么兴师动众干什么？而得到了安小男不经意间的"配合"，商教授就更加胸有成竹了，他笑容一敛，将谈话引入了正题：

"还是说说你平时都看一些什么书吧——我指的是在课余时间里。"

安小男便将我开给他的书目一一报上名来。要知道，这些书连许多历史系的研究生都是没有读完的，就像很多中文系的研究生却没有读过《红楼梦》一样。商教授眼睛一亮，有些惊奇也有些技痒，便当堂考问起安小男的学问来。

一考之下，令人惊奇，安小男对答如流。他不仅能够把商教授提到的具体章节精确地复述下来，而且对于关键的段落还能全文背诵。 他原本是木木讷讷的模样，一谈到书本却像插了电一样，眼珠子里往外喷射的全是精光。 如果不是商教授及时打住，那么他可能会孜孜不倦地说下去，直到两个嘴角下方越积越多的白沫流到脖子里去。

"大家都看到，情况已经很清楚了。"商教授轻轻地吁了一口气，转向了校方代表，"这位小安……同学在历史方面达到了相当深的造诣，虽然他的阅读稍嫌不成系统，还有点凌乱，但是他对重要著作的熟悉程度已经超出了我的想象。 兴趣才是最好的老师，我想如果不是对历史有着浓厚的兴趣，他是不可能付出这么多的时间与精力的。 而学校作为一所人才培养机构，为什么要扼杀学生的兴趣呢？ 这是不负责任的。 当然，搞教育的都有爱才之心，电子系诸位同人的心情，我们历史系也能理解。 不如由我个人来提一个折中的方案：我们给予小安同学电子系和历史系的双重学籍，他继续在电子系读研究生，同时还可以到历史系来念本科，由我本人亲自担任辅导老师。 现在的大学教育不是提倡打通，提倡跨学科吗？ 历史上那些真正的大师也都是通才：笛卡儿既是一名数学家，同时也是一位哲学家；爱因斯坦发现了相对论，同时也热衷于演奏小提琴；杨振宁获得了诺贝尔物理学奖，同时也爱好着古典诗词及翁帆女士……"

商教授好不容易正经了片刻，终于又在发言的结尾流于轻佻。 但这轻佻却是恰到好处的轻佻，它让在座的众人哄堂一笑，有了皆大欢喜之感。 既把安小男的人留在了电子系，

又保全了历史系的面子，多么完满。 只要这种长袖善舞的人
物在场，那么什么问题都不是问题。 校方的领导们满意地点
了点头，宣布"再回去研究一下"，假如对学生好，对学校
好，"特事特办也是可以的"。

大家欠起屁股，已经准备离席了。 但没想到，安小男却
在这时候又开了口。 他的话是对商教授说的："我还没决定
去不去历史系。"

难道今天的会不是为了你转系才开的吗？ 这时候说这种
话，不是消遣人吗？ 商教授不免一愣："什么意思？"

"我是说，在系统学习历史之前，我想再问您一个问
题。"安小男说。

"你也想考考我吗？"商教授饶有兴致地笑了，"一个问
题够吗？"

"就一个。"

"那你说。"

"历史到底有什么用？"

商教授又一愣，但过了半晌，笑容便重新圆熟起来："历
史当然不如电子有用啦。 但是兴趣嘛，喜欢嘛，如果再纠缠
于有用没用，是不是有点儿俗了呢？"

"您没听懂我的意思，可能我没表述清楚。"安小男舔了
舔嘴唇，直视着商教授说，"研究历史是否有助于解决中国的
当下问题？"

"比如说什么问题？"

第三届

北京十月文学月

2018.10.8-31

BEIJING·CHINA

主办单位：

北京市委宣传部 北京市新闻出版广电局

互联网信息办公室 北京市文学艺术界

"比如说中国人的道德缺失问题。"

"明史鉴今当然也是一种思路……但是我想，没必要把历史学理解得这么直接吧。"

"可是有些问题明明是绕不过去的。或者我再换一种问法，您对中国社会的腐败和道德缺失有什么看法？想过怎么解决它们吗？"安小男说。

"这就是另一个问题了。"商教授的眼神便开始迷离了。他一定感到了和我当初一样的惶惑。

"在我看来，这是一个问题。"

在安小男的锲而不舍之下，商教授又吁了口气，看了看与会者中有着领导头衔的那些人。历史系的党委书记还没有走出门去，据说这人有可能要提成主管文科教学的副校长了。于是商教授陷入了另一种逻辑，这种逻辑就是容不得轻佻，但也容不得过分郑重。

"你可以去看一看上个月《新华文摘》上的一篇文章，是我今年刚写的，其中也有一部分谈到了知识分子应该如何面对今天的现实。"商教授说，"我认为我们应该分清主流和支流，比起繁荣的、蓬勃的历史主旋律，这样那样的问题都是小小不言的。"

"也就是说，可以不关心吗？"

"我们更应该关心的是主流，或者潜心于自己的专业……"

安小男一字一顿地说："我认为您很无耻。"

他说话的声音并不大，但在会场上却有如炸雷。一些人被定住了，另一些人则逃也似的加快了脚步离开。商教授着实是蒙了，他半张着嘴，瞪着安小男，僵在了原地，连话也说不出来。

接着，安小男便抬起了一只手，手指尖利地指着商教授的鼻子，开始了滔滔不绝的大鸣大放大批判。他质问道，中国社会已经沦落到了怎样的一个地步，难道您没有看到吗？难道您不忧虑吗？如果是一般的人也就罢了，但您作为一个学者，一个在公共领域拥有话语权的知名人士，居然选择了鸵鸟策略甚至是睁着眼睛说瞎话，这是何种用心？安小男还说，他之所以对历史产生了浓厚的兴趣，正是由于认为比起中文、哲学和社会学等等其他人文学科，历史最有希望解决他的"核心问题"，但今天看来他错了。中国的历史学家并没有他所希望的那样高大，他们归根结底还是一群"没用"的家伙。

谁能想到，安小男的历史研究之路沿着汤因比、费正清和布罗代尔等等大师绕了一圈儿，又绕回了在那个盛夏之夜和我讨论的领域。他挥斥方遒地发表了十来分钟的演说，直到商教授也面色铁青地溜走了，会场上空无一人，他才喘息着停下来。据说此时的他已是满脸热泪，他居然哭了。

毫无疑问，转系的事儿被彻底搞砸了，而安小男在文科生之中也出了大名。再顺便说一句，那位商教授曾经把我们折腾得不善，他自己忙于上电视和走穴，基本上不给学生上课，但到了考试的时候却摆出铁面无私的架势，把题目出得非常难，一定要"挂"掉一批人才过瘾；他还把系里比较漂亮的几个女生招到麾下，通宵达旦地为他整理新一期《百家讲坛》栏目《中国秽乱宫闱考》的讲义。基于这个情况，大家虽然认为安小男有可能疯了，但也不得不感到大快人心。一时间，大家争相到电子系的宿舍去瞻仰、声援安小男，每天都有人隔着门帘对他挥挥拳头：

"干得漂亮！"

按照众人的理解，安小男之所以突然发飙，正是因为那个"小安子"的玩笑——那让他觉得受到了侮辱，进而失去了自控能力。再细一想，他对商教授的指责虽然突兀，但又来得多么刁钻，多么让对方无所适从。一个研究过西方现代主义思潮的同学阐释道，按照福柯的理论，疯子虽然和正常人驴唇不对马嘴，但是他们的思维其实有着严密的内部逻辑，一旦进入那个逻辑，正常人的经验和智慧便丧失了作用，甚至也有可能会被搞疯掉。这也是以商教授之机智老辣，却被一个小毛孩子诘问得张口结舌的原因。

在这种时候，我却越发感到自己有必要躲开安小男了。作为一个骨子里很"怂"的人，我对于那些具有狂暴因素的人与事，向来抱以本能的敬而远之。然而还得怪学校宿舍的布局以及我们排泄系统的生物钟，躲了一阵，我终于又被安小男堵在了厕所里。

那是一个清晨，我刚冲完水，正迈着发麻的两腿从隔扇里挪出来，正好撞上安小男也站在小便池前。 他迅速抖了一抖，提上裤子拦住了我的去路，眼里满是悲伤。

我抠了抠眼屎，仍旧不知说什么才好。 安小男却先开了口："我想，你应该理解我。"

"理解你什么？"

"我的初衷并不是想去故意捣乱，更没有针对商教授个人的意思。"他的一只嘴角抽搐了两下，"我很真挚，的确是希望历史学，希望研究历史的人能够帮助我解决困惑。"

"对不起，我们都让你失望了。"

"怪我，我不该强人所难……我太幼稚了。"

安小男说完，抛下我转身走了。 而我却沉默地站在原地，生出了一种类似于羞愧的心态。 那感觉，就好像急匆匆地方便完了，才发现自己闯进了一间女厕所一样。

2

相比于安小男，后来混得最好的李牧光虽然和我是一个系的，住得也离我近得不能再近，但我对这个人的印象却一度是模糊的。 这倒不是说他没有特点，恰恰相反，李牧光正是由于特点太过鲜明了，才导致我最初和他的交流极其有限。

第一次见到他，是在新生入校的时候。 因为我属于北京生源，所以不必提前几天赶过来安家，而是卡在了录取通知书上规定的最后一天，才背着铺盖卷走进了宿舍。当时屋里看似没有人，大家或许都去参加"入学教育"了。我草草铺好了褥子，又到水房涮了涮脸盆，突然瞥到窗台上摆着一台"爱华"牌双卡收录机，还是那个年代最新的款式呢。我一时手欠，便按了播放键，喇叭里随即传出了鼻音浓重的"牛津腔"英语：

约翰先生，今天的培根煎得怎么样？

爱丽丝小姐，我们来跳一曲华尔兹吧。

看来这台收录机的主人还真爱学习。我无言地笑了笑，把机器关了，这时却听见一声呻吟从我床铺的上方传来。然后，上铺的被窝里钻出了一个人的脑袋：

"哥们儿，几点了？"

这人一嘴东北腔，同样也是鼻音浓重。刚才居然没发现自己的脑袋顶上就躺着一个活人，这让我先被小小地吓了一跳，随后便不好意思起来。人家正在睡觉，我却在宿舍里东搞西搞，太不合适了。

我抬手看了看表："下午四点多了……吵到你了吧？"

"没事儿没事儿。"那人长得倒还周正，是一张东北人里常见的国字脸，肤色也颇为白嫩，只不过睡得有点儿肿胀了。他把一条光溜溜的胳膊也拔了出来，指了指双卡收录机："你要听就接着听，抽屉里还有磁带，音乐的也有，相声小品二人转的也有。"

看来他是那台机器的主人，我就更不好意思了："那多吵哇，你怎么睡觉？"

"我不怕吵，在哪儿都睡得着。"他说完，把身子往被窝里一蜷。

我看了看他杂草丛生的天灵盖，又扭脸望了望窗外，轻声叫他："那我先出去，你知道别的同学在哪个教室吗？……哥们儿，哥们儿？"

上铺无声无息，这人居然一转眼就又睡着了。

到了晚上，和宿舍里的其他同学见了面，才知道我上铺这人名叫李牧光，是从赵本山的故乡"铁岭那旮旯儿"来的。同学们又啧啧称奇地介绍道，自从到校以来，他就一直在睡觉，已经连睡了两天两夜了。何以要睡这么长时间？这时李牧光终于不情愿地起了床，他一边睡眼惺忪地刷着牙，一边对大家解释，这是因为报到之前，他们家人带他到欧洲和澳大利亚玩了一圈儿，偏巧地球又是圆的，纵横几万里，时差把他的生物钟统统搞乱了，所以需要用睡觉调整过来。这个理由有些牵强，却暴露了李牧光的另一个情况，就是他的家庭条件很不错。我考上大学以后，父母只是给我买了块手表，并且还不是瑞士的，而是日本"精工"，就算"以资鼓励"了；其他两个来自广西和贵州的兄弟更惨，拿到录取通知书之后的第一件事情就是走亲串邻地借债。再瞧瞧人家这日子过的。

一个同学问："欧洲什么样？"

李牧光打了个哈欠说："上车睡觉，下车拍照，全忘了。"

有一个同学问："你爸是老板吧？"

"算不上，也就是给国家打工的。"

说到这儿，李牧光咂巴咂巴嘴，又从柜子里拽出一只沉重的纸箱子来。嚯，那里面真是五花八门：真空包装的酱鸡腿、卤牛肉、整只鸭子，进口蛇果、红提、山竹和哈密瓜……这些大概是李牧光的父母给他留下来的，难道他们怕儿子吃不饱饭吗？李牧光嚼了两块饼干，然后又看了看我们，招招手说：

"愣着干吗，大伙儿一块儿呗。"

我们这些没出息的家伙便一拥而上，吭哧吭哧地吃了起来。这个聚餐会刚进行到一半，李牧光突然又伸了个懒腰说："你们慢用，我就不陪了。"说完爬上床，不到半分钟，又没声儿了。

谁也没见过这么爱睡觉、这么能睡觉的人。此后的日子里，我更加为李牧光在睡眠方面的造诣而惊叹。每天早晨大家出门去上课，他正在被窝里酣睡；中午大家回来，他仍在被窝里酣睡；勉强被我们拽起来，极不情愿地到食堂扒拉两口饭之后，他总算有了一点精神，于是便会在校园里东逛逛西逛逛，到球场去看人家打会儿篮球，但才过晚饭点儿就又困了，火急火燎地跑回来睡觉，好像刚上了一个大夜班似的。课他自然是不怎么上的，不管是本专业还是公共课，考勤表上缺席的记录都占了大多数。大二的时候，全体学生被拉出去军训，李牧光正在太阳底下站着"军姿"，突然就像一段枕木一样拍在地上，不省人事。教官被吓了一跳，以为他中暑了，休克了，然而我们几个同宿舍的人却一点儿也不着急。我们知道，他只是睡着了。

这基本上就是李牧光大学生活的常态。套用一句伟人的名言来说，一个人能睡觉不难，能天天睡觉也不难，但要是能天天都睡得像李牧光这样惊世骇俗，那可就难了。日子久了，对于宿舍里永远有一个人在睡觉，我们从不适应到适应，又从适应过渡到胡思乱想，甚至还有了一种恐怖的感觉。大家都担心突然有一天，李牧光会无声无息地睡死在被窝里。于是我提议，每天早上出门之前，都要有一个人去探一探他的鼻息，如果不幸真的发生了，那就赶紧通知校医院的太平间。我们不能允许他臭在屋里。

这个习惯一直保持到了大学毕业。

我也不免好奇：难道李牧光一直都是这么嗜睡吗？假如中学时代也是这么睡过来的，他又是如何考进我们这所赫赫有名的大学的呢？难不成他像电子系那个传说中的安小男一样，也是一个天才型的人物，而学校为了保护天才，才特批了他不需要上课、写论文，甚至不需要考试吗？

事实当然并非如此，天才怎么会像那些抱着小孩卖黄色光盘的妇女一样，你走到地铁 A 口冒出一个，走到地铁 B 口又冒出一个。有一次班级聚餐，我们的班主任老师被灌醉了，才吐露了李牧光背后的真相：他父亲是东北一家重工业大厂的一把手，专门在厂里为我们学校设立了一个理工科的"创新基地"，说白了就是赠送一块地皮，供学校在当地开办形形色色的收费班，贩卖注水文凭；而这么做的条件，是学校要给李牧光一个免试入学名额，并且保证他顺利毕业。换句话说，李牧光虽然不是天才，但是他爸却是天才——搞钱的天才、搞关系的天才，而那些天才要比智力上的天才更加畅通无阻。

不过这个信息流露出来，我们虽然在理性上感到了不公，却对事不对人。再看到李牧光安然高卧的时候，并没有谁会真正地讨厌他。平心而论，李牧光其人除了舍生忘死地爱睡觉之外，身上并没有一点儿各色的、让人不愉快的东西。他的脾性随和极了，压根儿没显露出过公子哥儿的骄娇二气。有的时候大家闲得无聊，就用报纸卷成小棍，去捅他的鼻子，捅得他喷嚏连天的，但人家却一点儿也不生气，打完喷嚏哼哼两声"不要搞我，想吃什么柜子里有"，然后就继续睡过去了。还有一次，我对面床上那位兄弟也不知怎么弄的，把半壶热水浇到了李牧光的被子上，他被烫得嗷的一声坐了起来，愣了片刻，憨笑道：

"我尿炕了吗？"

除此之外，自然还有物质上的收买。如前所述，李牧光那装满了吃食的百宝箱，大家是可以随意享用的；他那台"爱华"牌双卡收录机也早被宿舍里的两个英语狂人霸占，练听力用了。世纪之交，个人电脑在学生中间普及了起来，别的宿舍都是大家凑钱集体购买，还有为了你掏多点我掏少点而打架的，李牧光却大手笔地一人买了两台，一台台式机，一台笔记本。这两台电脑，他这个长睡不醒的人几乎从来没有摸过，而我们却可以用台式机打游戏时用笔记本下"毛片"，或者用笔记本打游戏时用台式机下"毛片"。

说来也惭愧，我吃着李牧光的，用着李牧光的，心里还不止一次地嘲弄和诋毁过李牧光，但整整四年，我却从来没跟这个人进行过深入的交谈，更别提交心了。我对他说过的话，仅限于"你果然还在睡""你居然也会醒"和"给我用""给我吃"这样的层面，而他的回答则基本上是"哦""嗯""好"以及无声无息。我毫不怀疑，只要大学一毕业，我就会把李牧光给忘了，就像他同样会在睡梦中把我也给忘了。然而临到毕业时的一件事，却使得李牧光认定我是他"最好的朋友"，而交到我这样一个朋友，是他大学期间唯一的收获——当然，作为一个永远在睡觉的人，他也不可能有别的收获。

那又是在盛夏季节，我再次迎来了一年中最繁忙的时候。只不过以往是忙于应付考试，这时却在忙于投简历、找工作。我们历史系的毕业生可比不得理工科，到各大招聘会上稍微一打听，就会发现自己的出路少得可怜。而我的成绩本来就不怎么样，又不是党员和学生干部，形势便更加不容乐观，也就更加需要勤勉。有一天夜里十二点，我才刚刚结束了一个位于昌平区的企业面试，坐着长途车赶回城里。这时宿舍已经熄灯了，屋里充满了此起彼伏的鼾声和臭脚丫子味儿，我本想直接脱了衣服上床，却忽然听到咯吱一响，李牧光的脑袋探了下来。

"小庄……庄博益，你睡了吗？"他问我。

四年以来，我只见过李牧光在不该睡觉的时候闭着眼，可从来没见过他在该睡觉的时候睁开过眼。我不由得哆嗦了一下，甚至觉得天有异象，马上就快地震了：

"你他妈的要吓死我？"

"对不住对不住。"李牧光的眼睛在黑暗中闪闪发亮，"不过我的确睡不着……也有个事儿想找你帮个忙。"

难道李牧光也在为找工作的事儿发愁吗？我没好气地说："我能帮你什么忙？你应该找你爸说去。"

"这事儿他也帮不了我，只能找咱们同学。"他的语气突然变得可怜巴巴的，"我也问过宿舍里的别人，可他们都不愿意。"

"别人不愿意，我为什么会愿意呢……到底什么事儿？"

李牧光就磕磕巴巴地说了。原来他爸按照很多成功人士的育儿之道，决定送他去美国留学。为了办这事儿，老头子亲自跑了趟得克萨斯，给他联系了一所州立大学，并且以慈善家的身份留下了一笔不菲的捐款。按说这已经足够把路蹚平了，然而快办手续的时候，外国佬那种特别"死性"的毛病却又犯了。他们提出，李牧光就算可以不参加入学考试，但总得提交一篇本专业领域的论文，否则没法儿向所谓的

"学术委员会"交代。

"你们学校的委员会，难道不是归你们这些校领导管的吗？ 实在不行我就跟你们书记谈。"李牧光他爸什么时候受过这种刁难，他一怒之下，简直口不择言了。

对方表示，那个委员会还真是有权把任何学生拒之门外的；而他们已经对李牧光很宽松了，如果不是因为这两年财政吃紧，哪能随便糊弄一篇文章就可以入学。 至于"书记"这个说法，对方问道："那是什么东西？"

于是压力就转嫁到了李牧光的头上。 他爸打来电话，让他火速"攒"出一篇论文来，再翻译成英文。 这让李牧光感到很无辜："我又没想出国，是他们非逼着我去的。 这时候事情没有完全搞定，却又来折腾我，有这么不负责任的父母吗？"

我只好顺着他说："就是，他们太不知道心疼你了。"

"可是我也只好给他们擦屁股。"李牧光又说，"我这个着急呀，上火上得牙床子都疼了。 今天我已经问了好几个人，但他们都说正在找工作，根本没时间替我动笔。"

"可我也在找工作呀，我的牙床子也在疼。"我说。

"别人不管我可以，但你可不能不管我。"李牧光急道，"谁让你是我的下铺呢，咱俩睡得最近，交情也就应该最深。 再说我不会让你白干的……我给你钱。"

"不要说得这么赤裸……"我眨眨眼，"多少钱？"

他说了个数："两万够吗？"

我仰着头，像一只坐井观天的青蛙，和李牧光对视着。过了半晌，我说："够了。"

我之所以答应了李牧光，首先是因为两万块钱对于一个学生来说，实在是一笔无法抗拒的巨款，而第二个原因，就是我突然想到，那篇文章其实并不需要我来写——再说我也不认为自己有能骗过美国佬的水平。说定之后，我和李牧光分头安然入睡。第二天他照常没有起床，而我则披上衣服，蹲在厕所门口守候安小男。

七点来钟的时候，安小男果然出现了。这时候却是我追着他问了："你对历史还有兴趣吗？"

"实话实说，已经没有了。"

"话不能这么说。"我开导他说，"你其实只是对历史系以及历史系的那些人没有兴趣了，但对于历史本身，你一定仍然是乐于思考的……否则也不能解释你为什么一口气读了那么多书哇。"

"可我正是因为历史系的人而对历史丧失了兴趣，我不认为那些人所搞的学问，能够解释我的困惑。"安小男把逻辑拽回到自己的轨道上，然后看了看我说，"你到底想说什么？"

"我想说的是，凡事应该有始有终，你可以写一篇文章，谈一谈你前段时间研究历史的心得。"我进而扯起了谎话，"我正在给出版社编辑另一本书，是《谁敢不让中国说不》的姊妹篇，名叫《中国想说不，谁也拦不住》。你对历史学的思考，是我见过最独特也最终极的，仆未尝闻有为道德而研究历史者。 我认为这本书里如果没有你的文章，那么将是一大遗憾。"

安小男的眼神陡然凝聚起来："你真这么认为？"

我点了点头，他也随之点了点头。

然后我补充道："对了，稿费五千。"

半个月后，安小男果然交给我一篇洋洋洒洒，长达几万字的雄文。 那篇文章我大概扫了一眼，所用的材料和大多数论点都注明来自我向他推荐过的那些书，但安小男对它们进行了重新整合，从而指向了一个终极的天问：中国人的道德水准是如何不断降低的？ 他从秦王扫六合、竹林七贤一直写到了五四运动，写到了"文化大革命"。 在他看来，中国原本是有道德的，但中国的历史却是一个不断击穿道德底线的过程。 一穿再穿，时至今日，我们的民族已经相当于穿着开裆裤上街了。 客观地说，安小男的文章存在着严重的硬伤。首先，他将历史解释成了一个有目的、有意志（也即消灭道德）的过程，这已经近乎阴谋论了。 要知道，吾国吾民除了败坏道德之外，还在春种秋收，男耕女织，需要忙活的事儿多着呢，谁那么有闲心专门和道德这个劳什子较劲。 其次，他絮絮叨叨地说了八百多遍"道德"，却并没有对道德进行起码的辨析——是儒家道德还是法家道德，内心道德还是社会道德？ 在他看来，"道德"似乎是一种先验的天成之物，在人类的蒙昧阶段保存完好，一进入文明社会就腐化变质了。 但据我所知，原始社会不说别的，起码婚姻制度的基本形态是：看上哪个女的就"给丫一闷棍"，哥儿几个把她扛到山洞里轮流上——这道德吗？

看来天才也是有局限性的，安小男在理工科方面的智慧并没有平移到人文社科领域。 或者说，他那种一根筋、特别"轴"的性格恰恰说明老院士制止他转系是正确的。 我有些担忧这样一篇文章是否能够通过美国学校的审查，但转念一想，我又何必替李牧光那么尽职尽责呢？ 再说了，也许美国人会非常喜欢这种中国人自曝家丑的态度——就像他们很喜欢张艺谋的《大红灯笼高高挂》一样。 于是我没有耽误，又拿着文章找到了我的前女友、外语学院的郭雨燕，请她将其翻译成英文，翻译费五千元。 挟着巨款之威，我顺便企图和郭雨燕重修旧好，并且再次提起了去九寨沟旅游的计划，但是郭雨燕干脆利索地请我滚蛋：

"你这种人，一起玩玩儿倒是挺有乐趣的，过日子就太靠不住了。"

"谁也没说要奔着过日子去呀。"我说着"香"了她一记，又揽住了她的腰，"我们就是玩玩儿也可以嘛，纯娱乐。"

郭雨燕脸色泛红，一对大胸起伏了两下，但随即却嘤咛一声，将我推开。 她正色道："这就是你的爱情观吗？ 太不道德了。"

他妈的，怎么又是道德。 安小男不是已经得出结论，中国人早就全无道德可言了吗？ 可见他那篇文章的确是大谬特谬。

随着我的彻底失恋，我们这茬儿学生也最终毕了业。 朋友或仇人们像狂风里的杂草一样飞向天南地北，转眼之间大部分都成了陌路人。 李牧光如愿以偿地拿到了美国的入学通知书，连最后的聚餐都没参加就上了飞机。 临走之前，他给我们留下了两台电脑、一台双卡收录机、几身簇新的西服，还单独交给我一个装满了钱的厚信封。 我有点好奇，帮助他通过审查的，究竟是安小男那篇旁征博引的文章呢，还是郭雨燕那流利而精确的英文翻译？ 抑或这两者都不重要，美国佬既然拿了他爸的钱，所谓提交论文仅仅是走个过场罢了？ 当然，对于既成事实，我们也没有必要像历史学家那样一味追寻原因，否则生活将会变得更让人疲倦，也更让人难以适应。

讽刺的是，出国之后的李牧光倒是与我交往得日益密切了起来，并且真的发展成了他所谓的"朋友"。 恨不得刚一下飞机，他就开始给我写信，告诉我自己在美国的见闻和生活状况。 这也能够理解，人毕竟是需要回忆的，到了陌生的环境里，往事就会焕发出原先所不具备的温馨色彩。 而李牧光的大学四年几乎都在睡觉，可供他回忆的，似乎只剩下了和我之间的那点儿交往。 于是他美化了我们的一手交钱一手交货，将我给他"攒"文章说成了两肋插刀的朋友之义，又把他给我两万块钱说成了自己的仗义疏财。 他的信上没有一点儿美国气息，反而发散着越来越浓厚的东北味儿：

咋说呢？ 咱们兄弟就啥也不要说了。

自从我有了手机之后，他和我的沟通方式就变成了打越洋电话。 每周起码一次，一打就是一个小时，先声称"啥也不要说了"，然后说的话却比我们睡在上下铺的四年还要多。 其间，李牧光的谈话主题变成了抱怨。 他抱怨美国的白人看不起他，黑人居然也看不起他；中国留学生里比他更富的看不起他，那些穷得连二手"丰田"都买不起的家伙居然也看不起他。 作为一个肤色、体格和智力都不占优势的外乡人，他在美国可真是受够了委屈。 更加让他忍受不了的，是他在中国都可以尽情享受的自由，在美国却受到了粗暴的干涉：

"他们还不让我睡觉。"

"谁？"

"我那个印度导师，还有美国房东。"说到这儿，李牧光都快哭了，"有一次我在屋里睡了三天，房东就报警了。 他们说这是病，必须治。"

我想了想，第一次给了他真诚而善意的忠告："我也认为你应该配合治疗。"

再后来，也许是度过了初来乍到的不适应阶段，李牧光的电话总算渐渐少了下来，每次通话的时间也变短了。 但这并没有影响到我们的"交情"，当他父母来北京，我总会跑一趟他们下榻的豪华饭店，为他们磕磕巴巴地讲解一遍美国补药的说明书——都是李牧光寄过去的，其实也就是些深海鱼油和褪黑素什么的，想来"吃错了药"也没什么危险；而过了两年，我的表妹林琳考入了美国名校斯坦福大学，我指派李牧光开着他的"凯迪拉克"横穿了几个州，去接林琳入学、给她安顿住处、采购生活必需品并且由他埋单。能交上这么一位有钱有闲，又傻乎乎地热心肠的朋友，这也是我在表妹面前唯一一件有面子的事儿了。

林琳专门打电话感谢我，说的话和《围城》里赵辛楣对方鸿渐的评价刚好相反："你这人虽然讨厌，但还有点儿用处。"

3

直到这个阶段，安小男和李牧光之间还没有发生直接的交集。我想介绍的发生在他们之间的雇佣关系，指的也绝非安小男那篇被我克扣了大半稿费的文章。一个"枪手"有什么稀奇的呢？在我毕业之后，找到的头一份差事，是在一个市属机关当秘书，工作内容就是给副局长写发言稿。而像我这样的编制内"枪手"，在各级单位里面数不胜数。

再说一个笑话，我所"跟"的那位副局长本来是一平谷桃农，普通话不太标准，总是把"我们"说成"碗们"，而恰好我们的局长又姓郭，于是他朗读稿子的时候就变成了：

"碗们要团结在锅的周围，坚决解决好老百姓的副食供应问题。"

这份工作我干到第二年，就死活坚持不下去了。坐在单位的会议室里，我感到自己真的是一只碗，叮当乱响空空如也，只等着从锅里分出一点肉汤来。然而锅身边积极踊跃的碗又太多了，他们有的会往锅里倒米，有的是从更大的锅里空降下来的，还有的镶着金边妩媚多姿，并且不惮于随时和锅跳到同一个水槽里去洗澡。看起来，我这只缺了口的破瓷碗是很难熬到出头之日了，于是我咬了咬牙，放弃了这条许多人眼里的"人间正道"，跳槽去了一个地方电视台下属的节目制作公司。

随着广电系统的市场化改革，如今的制作公司完全采用项目制，拍一个片子拿一份钱，不想干活的时候，在家躺半个月也没人管你。虽说碗们和锅的关系仍然颠扑不破地存在着，但在这个管理相对松散的单位，我的生活状态总算轻快了一些。我先是当记者，跑了一段时间的社会新闻，然后又转入了编导岗位，很快混上了一个导演的头衔。只可惜我这个导演和动画片导演、《动物世界》导演一样，都是没机会和女演员们"深入说戏"的。我干的是纪录片，所表现的内容不是边远山区的孩子走几十里路去上学，就是挺着大肚子的女支书都"破水"了还坚持带领乡亲们抢修养猪场。

斗转星移地又过了几年，我的某部主旋律片子蒙上了一个政府奖，进而和公司签订合同，成立了自己的工作室。随着财务上的宽裕，我在通州买了房子，接手了一个朋友的二手大"切诺基",染上了把玩檀木佛珠和沏工夫茶的爱好；为了让自己时时刻刻"更像个导演"，我还留起了络腮胡子，每天出门之前都给自己扣上一顶镶有红五星的绿帽子。总而言之，我终于变成了自己既向往又厌恶的那般模样——一个满嘴跑火车的文化混混儿。

大概是北京刚开完奥运会的时候，我的不知第几任女朋友，一位社会学专业的在读研究生向我建议了一个新选题：中关村和学院路一带的"校漂"人群。这个群体和那两年受到大量关注的"蚁族"又有不同，他们之所以不是学生还赖在大学周边，原因是多种多样的：有人纯粹是毕业之后收入低，贪图食堂的价格便宜；有人是因为还保持着华而不实的精神追求，喜欢隔三岔五去听听讲座什么的；还有人是因为怎么也跨越不了从学生到社会人的心理转变，索性就拒绝长大了。凭着直觉，我感到这些人里也许能挖出点儿什么东西，弄不好还能再骗个国际上的二流奖呢。况且，我也迫切需要拓宽题材。

说做就做，我"撒"出去几个聘来的实习生，让他们为我搜集汇总了一批"校漂"的典型人物，然后带着摄像扛着"长枪短炮"，逐一进行采访。工作进行得出奇顺利，那些"素材"形形色色，但有一个共通的特点，就是都不把自个儿当凡人，表现欲也特别强。他们对着镜头手舞足蹈，或抒情或明志，令我不得不临时调整思路，将一部绷着块儿装深刻的纪录片改换成了喜剧风格。我还特地留心寻找了一下当年见过的那个"民间哲学家",很可惜,留校任教的同学告诉我,那人因为偷窃了几十件女生内衣,已经被移交公安机关了。

几天以后,前期采访工作大致告一段落,我在母校的留学生餐厅请全组人员吃了顿饭,准备回去整理录音。但在席间,一个比较负责任的实习生小张告诉我,在她搜集到的采访对象中,还有一个没有"采"到。

"不是都没落下吗?"我翻了翻名单说。

"那个人比较孤僻,不愿意透露自己的名字,也死活不愿意上镜。"小张说,"不过我总觉得这人身上有故事。他没工作,也从来不到学校的课堂去听课,每天就是在学生宿舍里窜来窜去,保安把他当成捡破烂的,往外撵了好几回,但每次撵出去,没两天他又回来了……"

"没准真是个捡破烂的呢?或者在倒卖偷来的自行车?"

"我见过他一次,绝对不像。"小张笃定地说。

我时常觍着脸教育手下的孩子们,干活儿一定要有始有终,哪怕一个镜头没拍到也不能收工。我也对他们说过,真正有意思的素材往往是锲而不舍地"抠"出来的,而非随便拍一拍就能捕捉到的。小张的态度倒好像将了我一军,于是我让其他人先吃,自己跟她走出了餐厅。

小张所说的那人的住处,就在我们学校西门外的"挂甲屯"一带。那儿的居民把平房加盖成摇摇欲坠的简易小楼,再按间甚至按床位租给住户。 这么多年过去了，这个城中村仍然又脏又破，熙熙攘攘，土路的两侧摆满了卖鸡蛋灌饼、麻辣烫和羊肉串的摊子，不时有戴着厚厚的眼镜、满脸木然的年轻人夹着书本匆匆而过。 小张带我穿街过巷，拐进了靠近圆明园西路的一个小院儿。 她在一扇紧闭的门上敲了敲，半天无人应声，又不甘心地透过窗帘缝往屋里打量。

"干吗的？"一个穿花睡裤的矮胖女人拎着一网兜蔬菜进来，警觉地看着我们。 她大概是小院儿的房主。

"这儿的住户不在家吗？"我指指那扇门说。

"我出门的时候还在呀。"房主说，"难道又被抓走了吗？"

"什么人抓他？ 警察？"

"不是警察，是学校里的人。"房主撇撇嘴，"给我惹了不少麻烦呢，要不是看他孤苦伶仃的挺可怜，早把他撵出去了。"

我对小张努了努嘴，和她走出了小院儿。 院儿门对面，是一间污水横流的公共厕所，从刚才起，那股恶臭已经把我熏得很烦躁了。 我没好气地对她说："八成就是个小偷什么的。 我上学的时候，就在宿舍里撞上过一个，哥儿几个撵着他满学校乱跑，最后他差点儿没跳湖。"

小张却瞪大了眼睛，朝我身后望去，同时抬起了随身携带的微型摄像机："就是他就是他。"

我不由得回过头，看见一个又黄又瘦的人。 他的头发长可及肩，脏得都打绺了，身上穿了件分不出颜色的双排扣西服，脚踩一双塑料拖鞋。他的手里攥着一卷卫生纸，卫生纸耷拉下来一截，随风摆动着，倒是这人周身上下唯一鲜亮的颜色了。

我像被什么奇异的情绪击中了，半晌没说出话来。他却在红五星绿帽子和络腮胡子之中努力地辨认着我的脸，片刻之后，眼睛里流露出了单纯的、近乎天真的惊喜：

"你是庄博益？"

"安小男？"

他扭头看了看小张，伸出一只因干枯蜕皮而处处斑驳的手，急促地摆动着："念及同学的情分，你就别拍我了行吗？"

真没想到，我和安小男久别重逢，居然又在厕所门口。我让小张关了摄像机先回去，自己跟着他走进了那间小平房。房屋低矮，进门时必须低头，否则会蹭一脑门子灰；屋里有一床一桌一椅，看起来都是二手市场淘来的旧货，此外再无他物。坐在二十五瓦灯泡的下方，安小男便显得更加肮脏，也更加瘦弱了，但如小张所言，他绝不像个捡破烂的和小偷。如果让我说，他倒像个20世纪80年代的流浪诗人兼过度手淫者。

他那手足无措、局促不安的模样也让我心酸。要知道，我们可是名牌大学的毕业生；作为改革的同龄人，我们虽然没占到什么改革的便宜，但是比起那些更年轻的后辈，吃改革的亏也还算吃得比较少的——起码找个相对体面的工作不难做到。 那些和我一样不学无术的家伙都已经有资格在办公室里大搞性骚扰了，而安小男可是理科生里公认的天才，脑袋里据称"装着半个硅谷"，他怎么会混到这般田地？

因为害怕刺激到他，我没有直接发问，而是延续拍纪录片的思路，迂回着和他谈起了眼下的学校生活——都是些琐碎细节。 安小男告诉我，学生第一食堂那著名的冬菜包子已成绝唱，图书馆地下室的录像厅也停业了；原来被我称为"肉香阁"的澡堂子却还开着，尤其是女部，飘出来的香味儿越来越浓了，"但洗澡的早已不是原来的人了吧"，他咂了一下嘴说，那一瞬间居然显得有些风趣了。

总之，学校是雕栏玉砌应犹在，我是前度刘郎今又来，安小男则已经乡音不改鬓毛衰。 看到他的状态倒还平和，我终于开口："毕业之后就再也没见过面……我还以为你留在电子系读研究生了呢。"

"也是命，也是活该。"安小男垂下头去苦笑了一声，"我还得感谢你呢，当初刚毕业的时候，是你那五千块钱帮我在北京安了家。"

我扫了一眼他的"家"，脸上发起了烧。 幸好安小男没有察觉，他自顾自地讲了下去。 当初本科毕业以后，他固然没有进入历史系，而电子系力邀他继续读研究生，还开出了免试英语、政治的条件，却也被他拒绝了。 之所以做出这样的决定，和兴趣、追求之类的东西无关，起作用的只是一个简单的因素：生计。 在安小男十岁出头的时候，父亲就去世了，他是靠母亲在肉联厂洗猪肠子拉扯大的。 天长日久，母亲的手已经被碱水烧坏了，眼睛也被熏得迎风流泪，视力大大下降，眼瞅着这份活计都做不下去了；幸亏熬到了儿子大学毕业，手里攥着的又是一份热门专业的文凭。 供养安小男上学读书，在他母亲看来就是为了改变家里的生活状况，只要能实现这一目标，那么就算回了本儿，含辛茹苦没有白费；相反，如果不能立竿见影地赚出真金白银，那么再多的头衔也是扯淡。

"我真是干不动活儿了。"他母亲对他说，"手像咬了几千只蚂蚁，这我能忍，但眼睛要是瞎了，拖累的反而是你。"

在此后的择业过程中，也是母亲的意见起了主导作用。安小男没有进入对口的通信公司或者大型国有电子管厂，他母亲的理由是，前者不是有保障的铁饭碗，而后者的效益不好，工资太低。 选来选去，她主张让安小男去银行上班。一个纯粹的理工科，到银行又能做什么呢？ 这是因为刚好在这期间，金融机构开始大力推进数字化办公，他们需要安小男这样的人才提供"技术支持"，说白了也就是当局域网的设备管理员。

于是安小男穿上了黑西服，胸口别了一只镀金领带夹。本来这份工作还是很实惠的。 首先工资可观，旱涝保收；其次活儿也不多，办公室里遇到的技术问题在他看来都是小儿科，最麻烦的不过是重装系统和恢复硬盘，实在不行还可以开单子重买一台电脑，反正单位有的是钱。那段时间，安小男的生活过得相当滋润，他在西单附近分到了一间精装修的宿舍，宿舍里堆着工会发的鱼、肉、水果、成袋的大米，他还能每月定期往家里寄一笔钱，不仅足够母亲在 H 市衣食无忧，而且还能攒下来"将来结婚用"。

但是变化发生在三年以前。某一天的午休时间，安小男所在的那个支行行长突然打来了电话，想约他谈谈。这还是他头一次受到顶头上司的单独召见呢，安小男有点懵懂，但还是准时推开了行长办公室的大门。

支行行长正在屋里看文件，他抬起手来向里摆了摆，示意安小男进屋，又向外摆了摆，示意安小男把门关上。安小男把半个瘦屁股坐在写字台对面的沙发上，眼巴巴地看着领导给他倒了杯茶，给他拿出了一包中华烟，又将写字台上那只沉重的水晶烟灰缸放在了他身旁的沙发扶手上，这才意识到了什么。他立刻跳起来，慌乱地躬着腰说：

"我不渴，我也不会抽烟……要不您喝吧，您抽吧。"

行长被他那拘谨的样子逗得哈哈大笑："我就喜欢你们这些搞技术的人——实诚，心里没那么多道道儿。"

然后又草草问了安小男的工作以及生活情况。安小男一一作答了："谢谢您的关心。"

支行行长话锋一转："向你咨询一个技术问题。"

安小男说："您说。"

支行行长说："通过你那台主机，能否掌握行里每个人的电脑数据，以及他们都用电脑干了些什么——比如聊天、转账、炒股……"

安小男说："从理论上来说，只要使用特定的软件，那么是可以做到的。因为行里的网络是通过我这台服务器对外连接的，这就相当于我这里是公共汽车的调度站，每一辆车的行驶速度快慢虽然有差别，但是路线和停靠站点全都被我记录着。"

支行行长满意地点了点头："那么交给你一个任务吧。"

安小男说："什么任务？"

"去搞一个你说的那种软件，花多少钱我给你报。"支行行长说着，又把一张打印纸递到他面前，"这个名单上的人，你从今以后把他们上班期间收发的所有邮件、用通信软件和别人说的话都保存下来，每周拷贝给我过目。"

安小男傻了。他不知道行长让他做这个是为了什么。这是在严肃工作纪律，落实考勤制度吗？可门口分明已经安装了指纹打卡机，办公室里也设有不留死角的摄像头，总行还会定期派出检查人员，一旦发现谁用单位的电脑玩儿游戏或者炒股票，立刻通报批评。再说所谓的纪律和制度，说到底都是执行给上面的人看的，又何必那么较真儿，非得将监控细致到每一封邮件和每一段聊天记录呢？

"我当时第一反应，是这个领导吃饱了撑的，多此一举。"安小男对我说。

"你太稚嫩了。"我笑着回答他，"他给你的那个监控名单上都是什么人？ 肯定有一个是单位的其他领导，比如副行长什么的吧？ 剩下的都是这个领导的直接下属或者有裙带关系的员工吧？ 这哪儿是执行纪律，明明就是在搞人嘛。 你们行长想要通过你的技术优势，把他的对头们搞串联的动向掌握在手里，如果还能抓到什么黑材料，那就更好了……"

"还是你聪明。"安小男由衷地说，"我当时就没有想到这一点。"

"后来想明白了吗？"

"想明白也晚了。"

"你是怎么答复你们那位行长的呢？"

安小男当时的举动是——凝视了行长片刻，像垂死的鱼一样"啵"地吐了个泡儿，然后说："您这么干很不道德。"

行长同样凝视了安小男片刻，然后抬起手来，往外挥了挥，示意他出去，又向里挥了挥，示意他把门关上。 但是我也猜到，事情当然不可能这样过去。 在行长眼里，安小男就算没被对立面提前收买，也已经属于那种"知道得太多的人"，如果不能加入自己的阵营，那么就万万留不得了。 没过多久，上面来了一纸调令，将安小男调离了技术部门，发配去总行直属的信用卡中心做推销员了。

而我突然问道："对了……那个时候，你是不是还在看书呢？"

"什么书？"

"历史书。 还有那些思想神棍写的骗人玩意儿。"

"当然不了。"安小男说,"不是告诉过你嘛,我已经对历史学失望了。"

"那你又何苦扯什么道德啊?"

"我也不知道。"安小男在昏黄的光线下垂下了脑袋,油毡一般的长发散发出一股霉味儿,"我当时只是觉得特别别扭,特别难受,好像被人掐着脖子,往肚子上擂了两拳,如果再不说点儿什么就要喘不过气来了。 于是我就说了。"

我又想起了他在商谈转系事宜时,对商教授的那次发飙。 安小男虽然对历史学失去了兴趣,但促使他去研究历史学的终极目标,也即"中国人的道德问题",却还像华老栓的那包洋钱一样,往腰间一摸,硬硬的还在。 调动了工作岗位之后,他的生活就走上了下坡路。 信用卡中心属于新组建的市场部门,人员构成大多是编制外的合同工,效益考核也纯粹是计件工资,拉进来一个客户算一份钱。 为了多拿提成,大家各显其能,有到各种展会门口摆摊的,有到人多密集的场所扫街的,还有像出租车司机一样隔三岔五到机场趴活儿的。 但无论在什么地点面对什么人,你都必须放得开,要有一张好嘴皮子,让目标客户在极短的时间内对你产生亲和感。 而这恰恰是安小男的劣势,他实在不知道应该和那些人说些什么,更不知道如何让人对一样他不感兴趣的东西产生兴趣。 他也曾经把同事们的那套推销词汇记在心里,一蹴而就地对着目标客户全文背诵,但还没等他把书背完,人家却早已带着莫名其妙的表情走开了。 连续几个季度的考核下来，安小男始终是单位里的最后一名，他不仅工资被扣得所剩无几，还要遭受同事们的奚落乃至敌视，因为他的推销成绩严重地拖了别人的后腿，连累大家一块儿跟着挨批评、扣奖金。

终于，在信用卡中心新一轮的竞聘组合即将展开时，安小男又一次承蒙领导单独谈话了。 这次仍然有茶，有中华烟，有水晶烟灰缸，而当他再一次如梦方醒地客气起来时，领导的话却是："两条道儿你自己选：要不你自己走，要不我们请你走。 咱们这儿任务太重，竞争也激烈，不是养大爷的地方。"

就这样，安小男被迫从银行辞了职。

"然后你没再找别的工作？"我问他。

"找了，但没找着。 推销的岗位肯定是干不了了，我说我还能做技术，但人家都不信，因为原先那个行长给我写的鉴定是'业务水平无法胜任'。"

"那么你回到学校来，是打算重新考研究生吗？"

"考上也念不起呀。"

"你现在靠什么生活呢？"

"感谢母校，还是有办法。"

安小男告诉我，他失业之后，单位的宿舍自然也没了，于是便来到这里租了间小平房。 茫茫北京，他真正熟悉的地方只有学校，走投无路之时也只能回到学校附近。 几乎所有的学生在上学期间都恨过自己的学校，但毕业之后一旦混得不如意，却又把学校当成了避风港。 他们甚至是在自我欺骗，感觉只要回到当初的状态，那么生活就还有希望。 这也是我在拍摄这部"校漂"纪录片时总结出来的共性。 总算是天无绝人之路，安小男闲散了半年，手头的一点积蓄差不多快花光了，却意外地发现了一个在学校里靠山吃山的新门路。 以前银行的人事干部给他打来了电话，吞吞吐吐地求他代替自己十九岁的儿子参加高等数学考试：

"我看过你的成绩单，理科全是满分，所以请你千万不要谦虚。"

前同事愿意为"这一单活儿"支付"市价"，即五千块钱，恰好和我当初把李牧光的论文"转包"给安小男的价格是一样的。 由此可见，那时候的李牧光的确是一个睡糊涂了的冤大头，想找枪手也不先打听打听行情，从而给我留下了巨大的利润空间。 没过几天，安小男拿到了用自己照片制作的假学生证，走进了考场。 他第一次干这种勾当，固然紧张得满头大汗，但实际的操作过程却波澜不惊。 公共课都是好几个系的学生混考，几百人的阶梯教室里基本上谁都不认识谁；况且大家都在埋头答题，即便是同班同学之间，也不会留意谁该来没来，谁不该来却来了。 他只用了半个小时就做完了卷子，并故意答错了几道题——这是出于雇主的要求：

"我们只要七八十分就够了，太高了容易暴露目标。"

有了良好的开头，后面的路也就平坦了。 通过成绩不好的学生们的口口相传，安小男变成了中关村一带几所大学中赫赫有名的"枪手"，雇主们对他的评价普遍是：待人诚恳，业务精湛，要价合理，不留后患。还有人在校内论坛上主动为他打广告：小男小男，考试不难。他的名气甚至传到了外地，就在去年，一个上海富商的孩子专门为他买了头等舱的机票，请他过去为其夺取复旦大学微积分竞赛第一名的奖杯。这个行当的经营周期和地坛庙会上卖羊肉串的有相似之处，都属于干三天顶一年，安小男只会在期末的考试季里马不停蹄地赶场，其他的时间则都在学校周边闲逛，或者干脆窝在屋里。

不过作为一个枪手，安小男也有着明显的缺点。首先是他的穿着和外貌越来越不修边幅了，身上还散发着呛人的霉味儿，这导致他很容易在考场上引起怀疑；其次就是他过于注重"售后服务"这个环节，每次从考场出来拿到钱，都要苦口婆心地把考试题目向对方讲解一遍，然后再进行一通思想教育：

"连这都不会，你对得起父母吗？"

听到这里，我不禁哑然失笑，但才笑了一声就生生咽住了。我看到安小男的脸上浮现出了货真价实的痛苦，他讲到自己的失业和窘迫困境时都是心平气和的，但现在却两眼湿润了起来。如果只看那双眼睛，你甚至会把安小男当成一个不慎失足的纯情少女。

"我知道你觉得我虚伪，我也知道替人考试本身就是弄虚作假。"他打着磕巴说，"所以我每次劝那些学生好好学习的时候都是真心的，如果他们都能用功点儿，也就不用把父母的辛苦钱花在这种事情上了……"

"那样的话，你就连这碗饭也吃不上了。"我打断他，扯开了话题，"你妈怎么样？"

"暂时还过得去。"安小男舔了舔嘴唇告诉我，他的代考收入除了维持最基本的生活开销，其余全部寄回了 H 市，并且是分月寄的。他至今没有把失业的消息告诉母亲，因此反倒庆幸母亲的眼睛越来越不好，已经没法儿坐火车来北京看他了。而每年春节回家的时候，只要临时换一身西服，也能大致搪塞过去。这么大的事儿，居然被他瞒了个严实。

"所以说嘛，别再把道德什么的当压力。"我顺势替他开脱道，"道德的标准也不是绝对的，得视情况而定。你的处境是饥寒交迫而不是衣食无忧，你面对的又是赤裸裸的生活而不是宗教审判，况且你还有一个母亲要赡养——凭什么要求你的灵魂像那些有钱人的后脖颈子一样雪白呢？那反而不道德也不公平。"

"你真是这么想的？"

"那当然，而且一直都是这么实践的。"我说，"这年头，就算苍天有眼也被马路上的摄像头给取代了，只要警察不来找你的麻烦，那就是一理直气壮的良民。日子已经过得不容易了，咱们都得活得尽量轻松一点儿，也务实一点儿，对吧？"

安小男这时却咧开了嘴："可是警察没准儿已经盯上我了，上次替人家考完力学出来，有个助教带着保安跟了我一路，还把我叫出去盘问了半天……他们说以后再看见我就报警。"

"那也不用怕，咱们再想想别的出路。"

那天一直聊到了傍晚，我带着安小男离开挂甲屯，到以前开在学校东门外的胡同里、后来又移师到海淀体育场一侧的"千鹤"餐厅吃了顿日本菜。没有想到，如今的安小男也开始喝酒了，而且量还不小，我们一共要了五六瓶糯米酿制的清酒，差不多都被他一个人给喝了。酒足饭饱，我又提出找个地方"咯吱咯吱洗干净"，便强拽着他打车去了一家洗浴中心。酒劲儿被冷风吹上了头，安小男的情绪也终于开朗了一些，他跟跄着走在门口的几个"罗马人"中间，手四处乱指着，像小孩儿一样卖弄着学识：

"这孙子叫屋大维，这孙子是恺撒。"

他身上的泥都快结成壳儿了，搓澡师傅表示必须收双倍费用。趁他正在搓着，我便穿好衣服走出了洗浴中心，到街拐角的自动提款机上取钱。先取了一万，这是当年我利用安小男的文章从李牧光那儿赚的；又加到一万五，这是把给我前女友郭雨燕的那份儿也添了进去；最后又加到了两万，这是每天的提款上限。我从脚边捡了个塑料袋，将那摞钱胡乱包了，揣进洗浴中心里递给安小男。

他正坐在休息间，赤身裸体地摩挲着两扇瘦排骨，好像一只洗干净又燎了毛，只等下锅的菜狗。 看到袋子里的是钱，他惊慌地推回来："这怎么使得……你已经对我够好的了。"

我感到了辛酸，脸上再次发烧，硬是将钱推回去："都是同学，客气什么。 你先换一个像样点儿的地方去住，再给我留个联系方式，我看看能不能帮上你。"

安小男的嘴像鲇鱼嘴一样一瘪一瘪的，似乎马上又要哭了。 我的心里五味杂陈，不禁动情地胡噜了一下他的满头杂毛，又用力搂了搂他的肩膀。 这个举动倒惹得旁边两个膀大腰圆的汉子好奇地打量了过来，在他们眼里，我们也许很像一对正在上演爱情悲剧的同性恋人。

4

在此之后，我又断断续续地找过安小男几次，有时候请他吃顿饭，有时候给他送几件剧组里配发的工作装。 那两万块钱他没有用于换房子住，而是都寄回了 H 市，支付他母亲治疗眼病的费用了。 他继续住在挂甲屯厕所上边的平房里，等待着下一个考试季的来临，并提心吊胆会不会被校方抓个现行。

我也帮他找过工作。 很遗憾，我们那个工作室的经费非常有限，因此才只能剥削那些"有志于艺术"的实习生，而要想添加一个全职的岗位基本上是不可能的。 至于我问过的其他同学那里，情况就比较气人了。那些家伙平常都吹得天花乱坠的，可是真赶上事儿，却一个比一个缩得快，给我的答复不是"能力不济"，就是"掣肘奈何"，还有人反过来开导我：

"为了那么一个人，你犯得着吗？"

这固然也没什么不正常的，世上有贫贱之交，有富贵之交，但最让人无法想象的就是富贵与贫贱之交。让我不舒服的是，他们对我的义举也挪揄了起来。"上次我想在你的片子里插俩'软广'，你张嘴就要十万，这时候却他娘的扮演起了爱心大使——"一个自己开了个小公司的同学刻毒地挤对我说，"告诉你，就你兜里那俩钢镚儿，想沾染真正的富人癖好还早着呢。"

更让我不适应的，反而是和安小男的交往本身。他看我的眼神已经不对劲了，刚开始是羞怯和感激的，后来就渐渐地变成了崇敬。那崇敬之中似乎又藏着什么严肃、高远的东西，仿佛崇敬的并非我这个人，而是我所代表的某种抽象观念。他不会认为我对他的关切是出于什么伟大的情怀，进而把我看成"道德"的楷模了吧？

"我在大学期间所做的最正确的一件事，你知道是什么吗？"在五道口一个挤满了韩国人、"西巴"之声不绝于耳的串儿吧里，安小男奋力地用嘴撸着一根烤火腿肠，喷散着酒气问我。

"是当众痛斥了商教授吗？"

"不不不，是那天在图书馆门口和你打了个招呼。"

"这实在不敢当。"我躲着他的目光说，"事实证明，我帮助你学习历史什么的，明明都是浪费时间。"

"那些都是鸡毛蒜皮的小事儿，不值一提。"安小男用竹竿子"点"了我一记，"我的意思是，我很庆幸能交到你这个朋友，这让我不再那么孤独了。"

我忍不住打了个寒战，突然有一种冲动，那就是向安小男坦白，我之所以愿意帮助他只是因为"黑"过他的钱，如今心里突然过意不去了——假如非得把这种情绪称为"负罪感"的话，其性质也仅仅类似于一个立志减肥的胖子在酒足饭饱之后的后悔与自责。但我又在话要脱口之际憋住了。告诉他实情又有什么用呢？当务之急，其实是寻找到一条门路，改变安小男的处境，帮助这个已经被现实逼到墙角的人"跳出来"。

恰恰是在这个当口上，另一个曾经把我视为"唯一的朋友"的人空降到了北京。

李牧光回国之前并没有通知我，但降落之后的第一件事，就是给我打了电话。从那鲸鱼腹腔一样拥挤、杂乱的波音 777 机舱内，我先是听到了乱糟糟的美式英语、澳洲英语、印度英语和粤语、上海话，随后，在一片全球化的南腔北调之中，一个东北铁岭口音抑扬顿挫地宣布：

"惊喜不？我南霸天又回来啦。"

事实上，我已经有两三年没怎么和李牧光通过信儿了，偶尔在网上聊两句，也是浮皮潦草地匆匆而散。 看起来，李牧光已经完全适应了美国的生活。 他建立起了新的交往圈子和业余爱好，更重要的是看似弄明白了自己在那边应该干点儿什么，以及能够干点儿什么。 而这样一想，他能够念及旧情，首先找到我，就足以令我受宠若惊了。

我立刻放下手头的事儿，奔向机场接他。 在一群因为不熟悉新航站楼而晕头转向的海外赤子中，我一眼就发现了李牧光。 他正穿着一身 20 世纪 80 年代华侨风格的白西服和花衬衫，精神抖擞地东张西望。 看见我之后，他高呼了一声小沈阳味儿的"long time no see（好久不见）"，张开双臂将我淹没在"迪奥"男士香水的气息中。

"先看看这几个宝贝吧，他们是贝贝、晶晶、欢欢、迎迎和妮妮。"我被呛得喉咙发痒，挣脱出来指着远处广告牌上的五个"福娃"介绍道。 这就有点儿没话找话的意思了：我突然对眼前这个李牧光感到陌生。

"网上不是说还有丫丫吗，她没来？"

"这不你丫来了嘛！ ……"

李牧光哈哈大笑，用力地拍着我的肩膀："兄弟，你还是那么风趣。"

开车回城的路上，我递给他一张剧组长包的酒店房卡："还没订房的话就先到我那儿歇会儿吧，想必你也累了……"

"不累不累。"李牧光挥着手说，"我在飞机的头等舱里都没睡，好几年没回国了，太兴奋。"

我惊愕地睁大了眼睛。 难道李牧光还有睡不着觉的时候吗? 睡不着觉的李牧光还是李牧光吗? 突然间,我总算反应过来他哪里令我感到不对劲了。 一个一天到晚都在睡觉的人是萎靡的、淡漠的,就算站着,好像也已经完全垮塌了;过去的他就是这种样子。 而今天的李牧光却是如此的亢奋、躁动和兴致勃勃,身上除了香水味儿之外,还散发着既强烈又炽热的能量。 他俨然已经脱胎换骨了。

我自然问到了他是怎么治愈嗜睡症的:"他们电你了吗? 给你注射什么药了吗?"

"电倒是没电。 药吃了不少,不过也没什么用。"李牧光不堪回首地摇了摇头,随后又笑了,"倒也真奇了,本来所有人都觉得我那毛病是治不好的,但是突然有一天,我自己反而不想睡觉了。 好像我已经把一辈子的精神都养足了,突然就想去吃、想去玩儿、想去找女人、想去干点儿事业了。"

"就那么自然而然地——好了,没有什么具体的契机吗?"

李牧光歪了歪脑袋,好像思索了一会儿:"如果说契机,可能是我爸退休吧。 退休了也就是没权力了嘛,我妈打电话告诉我的时候都哭了,说他们不能再像以前那样什么事儿都照顾我了,还说我也该长大了,以后就得靠自己了……他们还给我寄了笔钱,让我学着投资去做点儿生意。 打这之后,我总感觉身后有一群狗撵着我,日子过得快了,人也有精神了。"

　　这倒是个合理的解释：地无压力不出油，人无压力爱犯困。别说李牧光了，我们所有人身上的精气神，又何尝不是被狗撵出来的。只不过在有些人屁股后面追着咬的，是一群得了狂犬病的疯狗，个中滋味就与李牧光这种公子哥儿不同了。不管怎么说，我还是要祝贺他，并且尽量利用好和他的交情——从那身"阿玛尼"西服和"瑞摩瓦"旅行箱看出来，他很可能已经是个相当成功的买卖人了。

　　随后的几天，在李牧光的要求下，我开车带着他满北京地找乐子。这些年，从世界各地尤其是欧美窜回来的中国人越来越多，我身边的不少朋友都会隔三岔五地接待一批外国还乡团，并且把这种事情当成了负担。他们抱怨说，有一类从海外回来的人很难伺候，那些家伙既像原来一样爱面子，又新学会了斤斤计较，既什么都没见过，又要装作什么都见过，既要蹭吃蹭喝从来不掏钱，又要指桑骂槐地暗示国内的种种不好。总而言之，他们同时具备着中国人与外国人的双重没出息和双重不满意。但李牧光可绝不是这样的人，他的做派与其说像个海归，倒不如说像个土财主：

　　"只要是国内有而在美国享受不到的，你就尽管带我去。"

　　于是我们去了"大三元"吃佛跳墙，去了朝阳公园的"八号公馆"做泰式按摩，还去了昆仑饭店附近那家当时尚未查封的夜总会喝了场花酒。每次折腾完，都是李牧光抢着结账，我和他争过两回，他差点儿跟我急了：

"看不起我是不是？ 看不起美国人民是不是？"

还训斥我："别以为世界上的钱都被你们中国人挣了。"

我问他："你入了美国国籍吗？"

"那当然，现在国家荣誉感正强着呢。"

能够这样爱美国，可见李牧光的确在那边混得很开。 几天吃吃喝喝下来，我便开始打探他"发的是哪一路财"，这一趟回来又是做什么的。

"中国人在美国还能做什么生意，无非是老三样：餐馆、洗衣房、倒买倒卖。"李牧光爽快地回答我，"我是最后一样，只不过玩儿得比一般人大一点儿。 刚开始，我在洛杉矶的一家玩具批发公司干活儿，老板是我爸的朋友，他带了我两年，教会了我一些门道，然后就收手不干，搬到迈阿密去享受生活了。 我趁机买下了他的公司，又扩大规模，在一个'帽儿'里新开了家玩具城，占了整整一层楼。 这趟回来当然是跑货源，中国是世界工厂嘛。 我过两天就要到义乌去了，如果能跟那边的商业协会谈好，绕过中间商直接发货，一个芭比娃娃就能省下十美元呢。"

我仿佛看到成千上万个芭比娃娃身穿着一模一样的花裙子，浩浩荡荡地跨过太平洋，前往天使之城，走进了李牧光的玩具大观园。 接着，他又向我介绍了正在经手的各种玩具的产地、价钱和受欢迎程度：小丑鱼尼莫、机器人瓦力、凯蒂猫、胡迪和巴斯光年……看来他这个老板的管理风格是亲力亲为，事无巨细都要了解和掌握的。他谈论起生意的精明劲儿，也让我再次感到恍惚，怀疑眼前这人和当年在我头顶长睡不醒的李牧光究竟是不是一个人。

也就是在这时候，我动了把安小男引荐给李牧光的念头。我尚未想明白在李牧光的生意里，安小男那样一个人到底能有什么用处，但既然李牧光看起来不像大多数同学那样势利，又"做人正在兴头上"，那么就算他不能帮安小男谋个职位，出于同学之谊施以援手也是很可能的。但我并没有立刻采取行动，而是鞍前马后地送走了李牧光，又耗过了一个多星期，等到他从义乌回来，才打电话约上了安小男。

那天算是我为李牧光回美国而设的送行宴，除了安小男之外，还叫上了以前历史系的几个同学。大家都惊愕于李牧光的巨变，但也旋即就适应了全新的李牧光，进而拿出场面上那一套，驾轻就熟地和他套起"瓷"来。在纷飞的名片和酒杯中，安小男表现得比那天面对摄像机时还要无所适从。他佝偻着腰，深陷在沙发椅里，下巴都快与桌面齐平了，歪着脑袋一会儿看看这个，一会儿看看那个。别人说话他插不进嘴，别人问他什么也完全接不上茬儿。或许他一直搞不明白我把他弄到这种场合是为了什么。

"这哥们儿不是那个——那个谁吗？"菜走了大半，李牧光仿佛才发现了饭桌上还有一个安小男。他睥睨着，把酒杯举了过去。

"咱们着实不认识。"安小男颤颤巍巍地举起酒杯，却没跟李牧光碰，径自干了。我知道，他的举动并非有意失礼，只是因为面对陌生人的紧张。

"庄博益的兄弟就是我的兄弟。"李牧光不以为意地笑着，又问，"哥们儿在哪儿发财呢？"

"失业。"安小男小声地如实答道。

"实业救国吗？具体是哪一行？"

"不是实业是失业，没工作。"

"那就是自由职业者嘛——你太会开玩笑了。"李牧光还替他打了个圆场。

但安小男认真地纠正道："的确是失业。"

他的态度好像在和谁负气，更加与酒桌上的气氛格格不入了。旁边的几个人互相对视，已经不加掩饰地冷笑了起来。李牧光倒被闹了个大红脸，讪讪地起身去了卫生间。

我趁此机会跟了上去，在走廊里拦住他："刚才那人，你觉得怎么样？"

"哪人？"

"失业那人啊。"

"他失业也不能赖我……不过看起来倒是个老实人，不像其他几个人那么滑头。"

"这就对了，你果然是块干事业的料，很有识人之明。"我恭维了一句，随后介绍起安小男这个人来：他是我们的同级校友，他是理科天才，他恰恰是因为太"老实"才被打压成了一个失业人员，他还要供养一个两眼昏花的母亲……自然，我略去了李牧光去美国学校的入学论文是安小男捉刀这一环节。 现在再提这事儿，对我们三个人都没什么好处。

"那么你的意思是……？"李牧光迟疑着问我。

"能不能扶他一把，帮他撑过这个难关。"

"这种事儿干吗找我？ 你也知道，我是个买卖人，不是开粥棚的。"

"但你是我所认识的混得最好的人。"我赤裸地说。

这恐怕也是我能想出的最义正词严的理由了。 我说完，就像真的站在了某种道义那一边，以审视的眼神直勾勾地看着李牧光。 自从在心理上变成了一个成年人以来，我就很少如此诚恳而郑重地对人说过什么事儿了。

李牧光却淡淡地笑了。

"你这不是要挟我吗？"他耸了耸肩膀说，"我招谁惹谁了，混得好什么时候也成罪过了。"

在那个瞬间，我很想向他阐述一个逻辑：如果这个世界的运行规则就是零和游戏，那么混得好也许还真是有罪的。 就像墙角里只有一撮面包屑，胖老鼠吃了，瘦老鼠只能眼巴巴地看着；还像这两只老鼠只够一只猫填饱肚子的，黑猫吃了，白猫便只能饿肚子。 但李牧光那慵懒的笑容又让我心虚了一下，随后换上了习以为常的、漫无边际的微笑。 这可能是条件反射，但也可能是深思熟虑的结果——前面说过，我很害怕变成一个偏激的人。 我还怀疑自己是不是被安小男身上那种既沉郁又凄凉的气质给催眠了，这可不是个好现象。

于是，我们寡淡地咂了一下嘴，肩并肩地回到席上，继续吃，继续喝。那天的晚饭一直持续到了夜里，很多人都喝得语无伦次了，安小男则是自己把自己灌高了。他到卫生间里吐了两趟，皱巴巴的衬衫上挂着来历不明的液体，脸越来越白，两只眼睛泛出血丝来。幸好有两个人的老婆打来了电话，异口同声地威胁他们"再不回来就甭回来了"，李牧光这才把杯中酒一干，瞥了瞥我说："就这么着吧？"

大家出了餐馆的大门，又在几根朱红的仿古柱子之间疯癫地熊抱了一番，口中说的无非是"何日君再来"、"常回家看看"或者"狗富贵，猪相忘"之类的套话。等别的鸟兽都散了，我凑近李牧光，拍了拍他的肩膀：

"再去喝壶茶？"

"要喝就到我那儿喝去吧，别再单找地方了。"李牧光仍然懒洋洋地笑着，又对不远处正在发怔的安小男歪歪下巴，"你要叫上他也可以。"

李牧光的确变得很精明，他已经料到了我接着想要做些什么，而他的意思分明是那桩事情还"有缓儿"。我欣慰了一下，赶紧过去拉住安小男。

"我就算了吧……"安小男两眼往地上溜着说。

我硬生生地扯着他："你就权当再陪陪我吧。"

李牧光的住处离餐馆不远。我们溜溜达达，影子被路灯拉长复又缩短了几个来回，一起走进了长安街畔的那家老牌五星酒店。记得李牧光的父母来北京的时候，常住的也是这一家。 喝了两杯客房服务员送来的"锡兰伯爵茶"，大家很快气定神闲下来。 抓住这难得的清静时刻，我又把话头拽回到刚才的主题上，对李牧光反复强调安小男是多么的需要帮助，又是多么的值得帮助。 但我已经学了乖，不再企图论述这种帮助是一种责任，而是将它渲染成了一种乐善好施、一种只有李牧光这个级别的成功者才配拥有的美德。 我的有些话已经说得很肉麻了，就连"你拔一根毛比我们的腰都粗"这样的名句都引用了出来。

"哪个部位的毛呢？"李牧光还在打哈哈，脸上却泛上了颇为享受的神色。

"任何部位。"我一挥手说，"只要你舍得拔。"

说这些话的时候，我是一点羞耻之心也没有的。 反正我是在替安小男央求着李牧光，出卖的也不是我的自尊心。 而安小男的头却一再地低下去，几乎低到了地毯的羊毛里去。 他的手还在用力地抠着皮沙发的边角，发出轻微的啵啵响声。 他的这副样子让我觉得自己有点儿残忍，但又不得不时时扼杀着自己那令人反胃的同情心。

说到底，我是为了他安小男好。

终于，李牧光逗够了闷子，瞥了安小男一眼："别光人家说呀，你的态度呢？"

安小男歪头看了我一眼，没有说话。 他站起来，为李牧光把茶杯斟满，又从写字台上拿过一只"高希棒"牌南美雪茄，连同水晶烟灰缸一起放到了李牧光的手边。 这是安小男在社会上混了那么一遭，学会的唯一的"礼数"。做完这些，他对李牧光近乎羞惭地笑了。

李牧光点燃了那根狼烟弥漫的屎状物，轻轻地感叹了一句："你呀，还真是个老实人。"

"咱们谁也不忍心看着老实人受委屈，对吧？"我赶紧说。

李牧光点点头，站起来说："再说了，庄博益的面子我也不能不给。"

"你的意思是……？"

"给我看仓库，你能吗？"李牧光对安小男说。

我心里升起的悬念顿时坠落了下去，甚至觉得李牧光是在开一个恶意的玩笑了。我一个没忍住，叫了起来："这也太屈才了吧？要看仓库你找一老头儿找一残疾人不就行了吗，用得着找安小男吗？再说了，你在国内又没有厂子，你让他到哪儿看去，把他带到美国去吗？"

"你听我解释嘛。"李牧光摇着雪茄，不紧不慢地娓娓道来，"我说的看仓库，可不是一般的看仓库，而且正因为不用去美国，所以才非得找个过硬的技术人员不可。还是从头说起吧，我公司的仓库有两个篮球场那么大，地方就在洛杉矶港口附近的一个物流基地里，是一次签了几年的合同整租下来的，不光我的货得从这儿进出，同时还租给其他人用。这么重要的产业，当然得找人看着啦，但是美国那鸟地方，劳动力的质量实在令人担忧，所有的穷人都是被宠坏了的家伙，又懒又滑。 我曾经一次性地雇了两个黑人、一个白人和一个墨西哥人，让他们两人一组双班倒，结果我差点儿被气死。 有一次物流基地里闹水老鼠，他们却喝多了睡大觉，导致几箱芭比娃娃被啃得七零八落的，简直像遭到了集体奸杀似的；还有一次，他们居然串通一伙越南流氓，把我的一批玩具给偷出去卖了……就这样的货色，我他娘的居然还要给他们发福利、上保险，而且要像伺候大爷一样伺候他们。 尤其是那俩老黑，连训也不敢训他们一句，否则他们就要上法院去告我种族歧视。 这他妈的是什么世道，还有没有天理呀？ 比来比去，还是咱们自己的同胞靠得住，世界上再没有比中国人更勤劳勇敢的了，所以我下定决心，一定要把仓储这一块的业务外包到国内来。"

说到这儿，李牧光的语调就激愤了起来。 但我仍然没听出个所以然来，忍不住插嘴问道："你的意思是把仓库挪到国内来吗？"

"那怎么可能。"李牧光像看傻子一样扫了我一眼，"我的玩具都要在美国卖，吃饱了撑的在中国盖什么仓库。 仓库还在美国，但看仓库的人要在中国。"

"这怎么可能？"

"这并不难。"一直像闷葫芦一样的安小男这时却突然开了口，"我们只要通过互联网建立一套可视系统，把摄像头安装在美国的仓库里，监视器则设置在中国，完全可以实现远程监控。 不光是监控，如果把电子报警器和美国的保安公司、警察局对接，一旦仓库里出了什么意外，报警也完全可以通过网络来实现。"

"对啦。"李牧光一拍巴掌，激赏地看了一眼安小男，继续对我说，"在这方面，他就比你灵光得多。其实我这个想法也是受别人的启发，现在美国的很多行业已经这么干了——比如那些推销电话，常常就是雇了一帮印度人从新德里打过来的；还有我前些天新换了一辆林肯车，号称有真人实时导航系统，结果接通了一听，妈的，马来西亚口音。一个马来西亚土鳖教我在美国怎么开车去比弗利山庄参加安吉丽娜·朱莉出席的新款服装发布会，多神奇。不过我在美国也咨询过专家，他们说如果要实现我的这个创造性计划，就必须在中国找一个技术过硬的人，因为这边的监控终端得由他来建立和调试——你行不行？"

他的最后一句话就是问安小男的了。而安小男眨了眨眼睛还没说话，我就已经代为回答了：

"当然行。"

"那么恭喜你。"李牧光笑着向安小男伸出了手，"从今以后，你就是外企雇员了。"

5

随后的两天，李牧光痛快地和安小男签订了劳动合同，然后又痛快地和我告别，登上如同鲸鱼插了翅膀的波音

777，返回美国了。没过多久，他往国内汇了一笔钱，让安小男租房子、买设备，将他们商量好的那个"监控中心"的中国分部建立了起来。他还专门给我打了个电话，让我帮他"看着点儿那小子"：

"如果他想从我这儿揩油的话，那就打错主意了。美国的财务制度和你们中国可不是一码事儿。"

这个态度令我隐隐地感到不快，但也只好担保道："安小男你又不是没见过，那就是一榆木脑袋，让他在钱上做手脚还得现教呢。再说你让我监督他，但又焉知我是不是个老实人呢？"

"知人知面不知心啊。我爸他们单位以前有个干部，日子过得节俭极了，连过年也舍不得炖一锅肉，可后来一查才知道，人家在北京和上海买了七八套房子——那钱又是从哪儿来的呢？"李牧光哼哼冷笑两声，但大概听出了我的不满，又安抚我说，"至于你，我是一百个放心的，咱们是朋友嘛。"

他干净利索地挂了电话，却把我留在一派类似于懊恼的情绪里，莫名其妙地生了会儿闷气。在和李牧光接触的这些日子里，我一边重新对他熟悉起来，一边却又感到他比以前更加陌生了。他的神态和语气里有了一种毫不掩饰的倨傲之气，并轻而易举地重新定位了和以往故交的关系，把人与人之间的平视一律改为俯视，那架势不言而喻——我和你们不是一个阶级的。与此同时，他又展示出了令人直打寒战的精明。就以他和安小男之间的雇佣关系为例吧，这个念头李牧光也许早就盘算好了，但他一直不说，而是在我反复央求之后才以施舍的姿态答应，如此一来，便可以顺理成章地开出那些苛刻的、对他大为有利的条件了：安小男是拿不到各种保险的，如果需要加班也没有加班费，工资更是只有李牧光原先雇用的一个黑人保安的三分之二，区区一千美元出头而已。李牧光对此的解释是，黑人看仓库是需要上夜班的，而安小男人在中国，美国的夜晚恰好就是中国的白天，夜班补助也就可以免了。这样算下来，安小男每个月就要替他省下几千美元的人工成本。李牧光真是赚大了。

当然，我并没有把李牧光的这些变化理解为加入美国国籍的结果。决定人身上某些特性的，往往不是国籍而是阶级。在全世界的无产者联合起来之前，全世界的资产者已经率先联合了起来，他们的嘴脸也大抵如出一辙。试想换成一个中国富人同学，就会对我保持平等，对安小男出手大方吗？情况恐怕更甚。所以不管怎么说，我还是应该替安小男感谢李牧光，正是因为他的创意和实践精神，才让安小男重新有了工作。再考虑到中美两国之间货币以及"人"本身的价格差异，这份工作甚至称得上差强人意。

如今的安小男终于搬离了挂甲屯，结束了"校漂"生活。在我的帮忙张罗下，他在中关村以北的上地附近租下了一个写字楼里的开间。房间有三四十平方米，里屋的墙上挂着七八台液晶屏幕，此外还有保证时时畅通的网线以及高性能电脑主机；外屋则是洗手间和一张单人床，他下了美国的班，足不出户就可以睡中国的觉。在设置那套监控系统的时候，安小男再次显露了一个理科高才生的素养。他指挥李牧光那边的技术人员将摄像头安置在最合理、最精确的位置，保证偌大的仓库不留一个死角；他还修改了软件程序，升级出一套可以迅速切换视角的操作方法，这样一来，同一个屏幕可以分别显示几个摄像头的视角，当某一个摄像头损坏或者被挡住之后，它附近的摄像头也能及时填补空白。总之，这套系统的精髓就是：让安小男像身临其境一样，在那两个篮球场大的空间里明察秋毫。

监控屏幕里每天显示着什么样的内容呢？无非是一个又一个庖丁解牛般的黑白图像：水泥地、墙角、货架、通向走廊的安全门……把这些切片拼合起来，就得到了仓库的全貌。只不过是一个单调呆板的巨大长方体而已，但再一想到这个长方体位于太平洋的彼岸，位于上万公里以外的我们的脚下，就不由得让人心里生出一种奇妙的感觉。

在高清晰的摄像头里，我还见过工人们往玩具包装盒上打价签：一个芭比娃娃 14.99 美元，一个 Hello Kitty（凯蒂猫）16.99 美元，一个会摇头晃脑的机器猫略贵一些，是19.99美元。美国的物价的确令我们眼红，我曾经给一个亲戚的孩子买过一模一样的"进口"芭比和 Hello Kitty，国内商场的售价高了一倍不止。而据我所知，我们国家东南沿海的打工妹们忍受着化学原料的毒气，冒着手指和整张头皮被机器绞掉的危险，生产出了这些人见人爱的小玩意儿，出厂价也就是二十几块人民币。

很显然，安小男非常珍视这份工作。他几乎变成了一个网上所说的"技术宅"，周一到周五的整个儿白天都坐在监控台前，两眼聚精会神地盯着美国夜晚的仓库。这其实不是一个轻松的活儿，那些图像几乎永远是寂静的、一成不变的，我曾经替上厕所的安小男盯过一会儿，才不到五分钟就心烦意乱地走起了神儿。别说是水泥地和货架子了，就是换成哪位性感女演员的艳照，让你直愣愣地盯上几个钟头，恐怕也得看吐了。

但是安小男却能做到绝对的忠于职守，永远不会审美疲劳，并且很快就立下了一件奇功。那是在一个中国的正午美国的子夜，一个弯腰驼背的白人老头儿溜进了仓库，先是蹦脚乱跳地自言自语了一阵，然后又哆哆嗦嗦地拿出一只打火机，企图引燃货架上的纸箱子。安小男利用网络报警系统接通了物流港的保安室，片刻就有两个屁股像八仙桌面一样大的胖子冲了进来，上演了美国警匪片里才有的场面：掏枪顶着嫌疑人的后脑勺，将其按倒在地双手背后铐成了一条肉虫子。

"那人就是被安小男顶替的老保安，因为失业了，所以丫疯了，妄想报复我。"李牧光兴冲冲地给我打电话，"这套监控太管用了，所以我总是说，干活儿还是中国人靠得住。"

我向安小男传达了李牧光的褒扬，但对被抓住的那个老头儿的身份，我却缄口不言。

这事儿过后，安小男的工作积极性更高了。当他再坐到那排昆虫复眼一般的监控屏幕对面时，脸上几乎泛起了少女怀春般的红晕。他是如此专注和激动，就连呼吸都变得沉重了。这人从来就没在人际关系中扮演过强势的一方，更没有支配、掌控过谁，但通过这套监控系统，他一定获得了巨大的心理满足——那也是一种权力的滋味。

俯瞰一切，全知全能。毫不夸张地说，在那个仓库里，安小男扮演的角色简直可以比拟上帝。

这一切也令我获得了莫大的成就感。安小男其人能够重新走上正轨，和我对他的关心不也是密不可分的吗？再扯得远一点儿，我所从事的纪录片工作，说起来是以"记录人生、改变社会"为宗旨的，我们这个行当的人假如说还有一点儿职业理想的话，也应该是给寒冷者以温暖，给绝望者以希望。但这个观念几乎没有实现过，在操作的过程中，我所做的无非是不停地退让、妥协、谄媚，乃至于一个庙一个庙地拜菩萨，从那些头面人物的手指头缝儿里抠出一点项目经费来，说白了和要饭也差不多。然而在安小男身上，我却意识到自己还有着影响别人生活的力量，意识到自己似乎还是一个有用的人。在这种信心的激励下，我或许也将有勇气去结婚、生孩子、承担起一个家庭的责任来——当然，前提是得在那些急功近利的小娘儿们里发掘出一个值得我"爱"的。

　　而当安小男的状态彻底安定下来之后，我便不得不离开北京，到外地跑了一圈儿。"校漂"那部片子粗剪完成，有个教育主管机构提出了意见，说我的作品里"亮色"太少，然后拨了笔钱，让我着力反映一下几个近年新建的"大学城"的风貌，从而和方兴未艾的"教育产业化"改革挂上关系。对于那纸批文，我在同行圈子里极尽嘲弄之能事，但一扭脸就包了辆"依维柯"摄像车，叫上组里的几个得力人手准备动身。

　　"你怎么竟依了？"一块儿去的实习生小张问我。

　　"你不晓得他们的力气有多大。"我和她对了句鲁迅在《祝福》里的台词，然后无耻地辩解道，"反正我不答应他们也会收买别人，这种好处与其便宜了那帮王八蛋，还不如自己抢在手里。"

　　出发之前，我专门到上地的办公室看了看安小男，给他带了一盒从楼下"屈臣氏"商店买的眼药水："敬业归敬业，也不要太废寝忘食。"

　　安小男"嗯"了一声，捋了捋仍如乱草一般，但总算干净了一些的头发，从怀里掏出一个牛皮纸信封递给我："里面是这两个月的工资，李牧光给我打过来的是美元，我已经换成了人民币。你路过河北的时候，能不能顺便弯到 H 市一趟，把这些钱给我妈带过去？她眼睛不好，去银行取钱很不方便。"

　　我自然一口答应，并在两天之后就把这事儿给办了。紧邻 H 市不远，就有一片刚刚竣工的大学城。 那儿基本上就是一块镶嵌在华北平原上的水泥疙瘩，到处都是明晃晃的道路和操场，连一棵树也见不着。 大学城里聚集着省内几所三流学校的低年级本科生，他们因为被发配到这种地方而心情颓丧，像一群走错了门的鸡一样仓皇地闲逛。 在取景的时候，我们还遇到了一个突发情况：几个农民工攀登上大学城的主楼，悲愤地呼号着什么，频频作势欲往下跳。 一打听，才知道是开发商一直没给建筑方付清尾款，导致他们的工钱也被拖欠了。 但在当地政府工作人员的陪同下，这样的场面肯定是没法抓拍的。

晚上又被几个头头脑脑拉进宾馆狠"撮"了一顿，到了九点左右，我才有了空暇，下楼拦了辆出租车开往 H 市的老城区。 这地方在很久以前还作过一个诸侯国的国都，并流传下来诸如"纸上谈兵""一枕黄粱"等等名声不太好听的成语，但如今已经看不出一点儿王城的气象了，整个儿就是一个巨大的工厂宿舍区。 安小男家坐落在一条格外破旧的巷子里，车都开不进去。 我下车步行，因为没有路灯，几乎在坑坑洼洼的土路上崴了脚。

由于提前打了电话，安小男他妈并未惊讶，热情地接待了我。 这个当年勇闯校办公室的肉联厂洗肠工衰老得很厉害，头发像七八十岁的人一样苍白而稀疏，软塌塌地贴在天灵盖上。 她的眼睛一翻一翻的，明显是在努力地看却又看不清楚，在狭窄的斗室里必须摸索着桌沿才能行走。

我把装钱的信封放在桌上，本想客气两句就走，但她却死活不依，非要让我喝壶茶。她摸到厨房去烧水的时候，我便只好歪在塌陷的布面沙发里，打量这间兼做客厅和卧室的房间。像所有独居的老年人一样，安小男他妈在屋里摆满了杂七杂八的破烂儿，床脚的夹缝里居然塞着一台竹制的老式婴儿车，难道她正期待着用它给安小男看孩子吗？而在一只矮柜上方的白灰墙上，我看到了密密麻麻地悬挂着的奖状和照片。

"你是有出息的人，能拍电视……"安小男他妈的声音从满是中药味儿的厨房传来。

"安小男更不赖，挣的都是美元了。"我敷衍着她，起身踱到那扇墙边端详。

红底黄边儿的奖状自然都是安小男获得的，来自五花八门的数学和物理竞赛；照片则是他们一家人在过往的不同时期拍摄的，在昏黄的灯光下具有浓郁的复古意味。有两张八寸的合影吸引了我的注意，照片的主角是一位四十岁上下的男人，穿着笔挺的西装，戴着一副金边眼镜，长相也很精神。他不是在主席台上领奖，就是正向某位年迈的大人物进行讲解，俨然是那个时代报纸上频繁报道的"青年改革家"或"科技标兵"什么的。这人无疑是安小男他爸。在另一张生活照里，他正在给儿子过生日，父子俩一人捧着一块奶油蛋糕，满嘴白胡子明媚地笑着。

我突然想：如果这男人还活着，那么一家人的生活就不会是现在这副模样吧，或许安小男的脾性也不会发展成后来那样。 从心理学上讲，许多性格有明显缺陷的人，都是少年时代没能生活在一个完整的家庭里造成的。

安小男他妈沏好茶，又絮絮叨叨地拉着我聊了很久。 她感谢我这么长时间来一直照应着安小男，并让我提醒安小男除了埋头干活儿，还得注意和领导、同事搞好关系。"他现在跳槽到美国公司去了，我觉得挺好，听说那种地方的人际关系单纯一些，更适合他这样的人……他爸当年就是在这方面吃了亏。"说到这儿，安小男他妈的神色有些凄然，又有些恍惚，但马上岔开话题：

"他也该找对象结婚了——还有你也是。 别光顾着挣钱，多少钱也买不来一个家。"

我走的时候，她还给我带上了好几张下午烙好的糖饼，让我路上吃。 她坚持将我送出门外，又陪着我在漆黑的巷子里走了一小段，走的时候手扒着墙，小步慢慢挪着，仿佛每一步都不知道应该先迈左脚还是右脚。

那是我第一次以辛酸的感情理解了"邯郸学步"这个成语。

离开安小男家后，我们的剧组一路南下，途经郑州、武汉、长沙，边走边拍，终于在深圳结束了工作。 至此已经在外面奔波了两个月有余，每个人都蓬头垢面，乍一看很有漂泊感。 在这期间，我的生活发生了两个小小的变化，一是原先那个女朋友跟着一个搞金融的跑了，二是我导致了组里的实习生小张受孕。 奇妙的是，这两件事之间并不存在逻辑上的因果关系，所以我们三个当事人谁也不觉得亏欠了谁。 小张的妊娠反应很强烈，才两周就开始哇哇大吐，恨不得把苦胆都清空了，而且还有小产的迹象。 到了深圳之后，我只好让剧组里的其他人就地解散，自己陪着她到医院保胎。 我们已经商量好，等她一毕业就结婚，把孩子生下来。 做出这个决定之后，我的心情倒是颇为激荡，乃至于充满了初为人父的悲壮之感。 记得夜里躺在宾馆的床上，我拉着她的手说了好多煽情的话，有几次把自己都快感动哭了。

小张一句话就戳穿了我："不要试图给自己的每个举动寻找意义——累不累啊？ 我和你别的那些女人相比，唯一的特殊性就是恰好在你即将折腾不动了的节骨眼上插了进来，相当于击鼓传花的最后一棒。"

比我们小十岁的那代人都是天生的现实主义者，早早儿就把什么都看透了。 他们让我欣慰，也让我惭愧。

又拖拖拉拉地磨蹭到北方的天气暖和了，我才带着小腹微微隆起的未婚妻回到了北京，但也不再出去和各路魑魅魍魉厮混，而是把自己那套房子好好布置了一番，过起了深居简出的生活。 小张的研究生论文答辩在即，一旦通过就可以和我去"扯证儿"了。 她在正式上任之前便已经很进入状态，不但把我饲养得越来越肥嫩，而且还严格地限制了我能跟什么人交往、不能跟什么人交往。 她也算在我那个圈子里混过，对我周围人的品行相当了解，好几个德高望重的老艺术家都被列入了黑名单。

"你那群所谓的朋友里，也就安小男还算个老实货色。"她如是评价道。

但即便是这个老实货色，我也有很长日子没见了。就连美国仓库放假休息的周六周日，他也忙得团团转，根本没工夫出来和我消磨时间。正所谓天将降大任于是人，安小男在沉沦数年之后，终于迎来了事业的"黄金期"，这还得益于李牧光那敏锐的商业嗅觉：他让安小男为洛杉矶那个物流港里的每一间仓库、每一条过道和每一间办公室都设计好"跨国监控系统"，再由自己出面推销给附近的企业主们。他还有个长远而宏大的计划，就是把那些设备贴牌批量生产，行销到所有人力成本高昂的国家和地区去。不管在中国还是美国，什么东西一旦沾上了"高科技"又沾上了"国际化"，利润都会像苹果手机一样打着滚滚地往上蹿，李牧光迅速地在玩具生意以外拓展出了新的滚滚财源。而在这一轮的雇佣关系里，他对安小男也变得仁慈多了，答应每售出一套监控系统，便返给他五千美元的提成，当然这也只是整个儿销售额里的小小零头罢了。

安小男甚至不必前往美国进行实地考察，只需要对着那些房间的3D（三维）图形，把监控系统的设计方案做好，再用网络传给李牧光就算大功告成。至于监控终端设在哪个国家、哪个地区，也可以由购买系统的美国老板们自行决定。在短短的几个月时间里，地球的各个角落如同雨后春笋一般，冒出了十几二十个和安小男干着同样工作的人，他们端坐在印度、马来西亚、菲律宾、墨西哥或者中国的电脑屏幕之前，注视着美国一隅的风吹草动。闭着眼睛想一想，这是多么壮观的场景啊。

"不要老说我们美国人在监控全世界，"李牧光给我打电话时说，"全世界人民也在监控着美国嘛。"

又过了不到两个月，李牧光再次乘坐着鲸鱼一般的波音777，声势浩大地空降到了北京——对于这种行程，他现在已经不再称之为"回国"，而是改口叫作"访华"了。仍旧是到了机场，他才给我打了电话，但这一次却不再叫我出去鬼混。跟在他身旁东跑西颠的人变成了安小男。

他们先是结伴去了西安的高新区，然后又依次到华北的几个大中型城市溜了一圈儿，此行的目的是为投资建厂选址，有可能的话还要跟当地政府洽谈一系列相关事宜。既然监控系统已经打开了销路，就需要找一个国内的厂家进行规模化生产，把采购来的摄像头和主机贴上统一的商标。美国发明出来的玩意儿总是要在中国制造，这条法则就像地球总是自西向东旋转一样不言自明。然而我却想不明白，要建厂干吗不去东北啊？那儿是李牧光的老家，他爸虽然退了，但想必余威还在，再加上和他们家沾亲带故的人非官即商，办起事情来总是要方便得多。

"恰恰因为父母和亲戚都在那边，所以才多有不便嘛。"对于我的疑问，李牧光解释道，"越是家门口越要注意影响——你这个人还是幼稚。"

我也算在中国的江湖混过一些年头的人，如今却被一个美国人训斥为"幼稚"，这不免让人啼笑皆非。而没过两天，又有一个消息传了过来：李牧光为厂子初步选定的地址就在 H 市。这就不能不说是一个巧合了。据说当地的官员常年苦恼于经济发展和钢铁绑定在一起，污染大不说，这几年的销路也不大好，一吨钢材才赚十几块钱。他们早就叫嚣着要"转型升级"，却拉不来合适的项目，如今正好和李牧光一拍即合，不光口头承诺了税费方面的优惠，而且就连地皮也是可以低价出让的。李牧光他们在 H 市盘桓的时候，我特地打了个电话，请他去安小男家里拜访一下，最好再拉上一两个政府里的干部作陪。我的用意很简单，是想让安小男的母亲见证儿子的确"出息了"，而且对老人以后的日子也有好处——哪怕能招徕一伙儿学雷锋标兵，逢年过节给她刷锅刷碗擦擦玻璃也是好的。

"这个也不用你说。"李牧光回答我，"你这朋友既然跟着我干，我就亏待不了他。"

但不久之后，安小男却一个人先回来了。打电话时一问才知道，他到 H 市只是作为"技术总监"走个过场，向当地的有关领导"汇报"一下监控系统的功能以及原理。而当洽谈涉及股权、地皮和人员安置等等关键阶段时，就得李牧光亲自出面了——那想必是个漫长而艰难的扯皮过程，尤其是在李牧光打定主意让自己的叔叔出任新厂长的前提下。

我再次见到安小男，就是在自己的婚礼上了。 小张的肚子已经骇人地鼓了起来，如果再不早点儿办事儿，恐怕将来就得让亲儿子来给我们当伴童了。 好在现在的婚庆公司很高效，服务也很周全，还能定做用钢丝把裙子高高地撑起来的孕妇婚纱。 婚礼的地点是在一个酒店的露天花园里，我与小张并肩走过草坪，感觉自己正挽着一朵雪白的蘑菇。 来宾们自然对着她那奉子成婚的肚子指指点点，被请来当证婚人的一个"央视"春晚副导演更不靠谱，他摇头晃脑地指导我们互相戴上戒指，然后宣布：

"祝福你们仨！"

好歹把仪式进行完，我还得在人群中不停地穿梭寒暄、被人打趣。 转到同学的那一桌时，我一眼就看见了被几个人勾肩搭背地簇拥着的安小男。 人们对他的态度明显变了，那副亲热劲儿就好像在对待熟识已久的老朋友。 这也是可想而知的。 安小男"咸鱼翻身"的消息经我添油加醋地扩散出去，几乎成了一个现实中的小小奇迹，一个美国梦的中国翻版。

"啊呀呀，你放了道台了，还说不阔？"有个家伙正狠捶着安小男的肩胛骨说。 而安小男一定还不习惯这样的恭维，他双手交叉抱在胸前，茫然失措地四处望着。 直到看见了我，他的眼睛才亮了一下。

我过去和那帮人喝了杯酒，解围地把安小男揽出了人堆儿，在一蓬浓郁的月季花边聊了起来。

"李牧光还在 H 市吗？"

安小男舒了口气说："还在。 他投资的条件挺苛刻，两边还在僵持。"

我又说："你怎么不趁机在老家多待两天？ 你妈还好吗？ 她烙的糖饼料真足，咬一口能烫后脑勺。"

"你要喜欢吃，下次让她再给你做……我爸活着的时候，每次听完高英培的相声都要吃糖饼。"安小男笑了笑，又吸溜了一下鼻子，"李牧光让我先回来，一是因为公司的仓库还得有人看，二是让我再改进一下那套监控器材，现在的成本还有点儿高。"

"得加班吧？"

"昨天又熬到凌晨三点多钟。"

李牧光果真是疑人不用，一旦用了就往死里用——还是那句话，他们那个阶级的人大凡如此。 这时我如果斥责他"剥削"，反倒显得矫情了。 于是我说："累点儿无所谓，能挣着钱就行。 既然荣升了什么总监，他给你的工资也该涨了吧？ 他答应的那些提成兑现了吗？"

安小男近乎难为情地点了点头。

"那就好。"我说，"手头宽余的话就赶紧买套房子，现在北京的房价涨得厉害，人家都说晚买俩月白干一年……还有，你妈让我劝你找个对象。 我老婆有几个同学正好闲着呢，比如那个，我看就还行——"

我朝隔壁桌边一个把自己涂抹得如同雕花萝卜的姑娘指

了指。 那姑娘正在奋力地对付着一堆冷盘，看见我们粲然笑了，嘴里差点儿蹦出俩潮州肉丸子。

我也扑哧了一声，正想认真地寻觅出两个可以被称为"果儿"的姑娘，安小男忽然说："你结婚了，给你备了份礼。"

"搞那么'虚'干吗，"我笑道，"要是钱的话就直接塞前台那捐款箱里吧，美元也收。"

"除了钱还有别的。"安小男匆匆跑回座位，从桌子底下抱着一个纸箱子出来，"我亲手做的，你们的孩子生出来之后也许用得着。"

这时小张也好奇地凑了过来，我们两个打开箱子，看见里面分门别类地绑着几个摄像头和数据线什么的。 分明是一套仓库监控系统的具体而微者嘛。

"这有什么用呢？"我不免感到荒诞。

安小男解释起来："你想呀，你很忙，小张学历这么高，也不可能不出去工作吧？ 到时候孩子放在家里，只能请保姆来照顾。 可现在信得过的保姆太不好找了，她万一要是不给孩子按时喂奶呢？ 要是给孩子吃安眠药呢？ 所以我就专门给你们设计了这套婴儿用的监控系统，环绕着小床三百六十度无死角，而且还有体温遥感器，孩子发烧的话也能报警。你们在外面一开电脑，就可以随时掌握孩子的情况了……"

他那认真的样子让我们同时哈哈大笑了起来。 小张向安小男道了谢，然后又指着我说："你还不如帮我把他也上了监控呢，他那个行当里不三不四的女人太多了，这人意志又不坚定，他每天上班我都提心吊胆的。"

"这就是所有正房的通病——刚扶了正就过河拆桥，也不想想当初是怎么'扑'我的。"我笑着跟小张"逗"，"但是归根结底还得怪我，魅力太大了无法抵挡。"

小张反唇相讥："咱俩谁'扑'谁呀？ 谁在器材间里痛哭流涕地哀求人家'暖一暖我的灵魂'吧。 当时就应该把这段儿给你录下来。"

我们两个你一言我一语，但安小男却茫然地抬起了眼睛，看向了北京阴沉沉的天空。 他好像正在走神，从周围的气氛里"间离"了出去。 小张便有点儿讪讪的，对安小男说了句"多喝点儿"，然后就挺着肚子找她那帮女伴去了。

我拍了拍安小男的肩膀，换上了诚恳而体贴的口吻："谢谢啊——看到你能越过越好，我也很高兴。"

但这时，安小男却舔了舔嘴唇，说出了一句让我目瞪口呆的话："我不想干了。"

6

安小男的话虽然让我惊诧，却又有似曾相识之感，就像一出彩排了几遍的拙劣话剧。 只不过第一次和他演对手戏的是商教授，第二次是那个银行行长，第三次就变成了我。 但我招他惹他了？ 我可以说是唯一真心想帮他的人啊，他怎么就这么不让我省心呢。

"为什么啊？"带着近乎委屈的情绪，我叫了出来。

"我有心理负担……"安小男的眼神游移起来，仿佛正在斟酌词句。

我突然想到了被安小男协助逮捕的那个酒鬼老头儿："难道你是因为不忍心抢了美国老弱病残的工作吗？ 这就是妇人之仁了。 咱们第三世界国家的人民哪儿配同情美国人啊？ 那国家的福利好得很，当个失业的穷人幸福着呢。"

"不是这个原因。"他说。

"那么就是李牧光逼你干过什么事儿……比方说除了仓库以外，还监视监听什么人？"

"也没有。"

"那你抽什么疯啊？ 你的心理负担是从哪儿来的？"我索性任由酒劲儿发作，指着安小男的鼻子质问道，"别身在福中不知福了，你这份儿工作多让人羡慕你自己知道吗？ 挣钱多少都不提了，姑且谈谈尊严，谈谈人生价值吧。 你知道咱们那些坐机关的同学十年如一日打水扫地擦桌子，上级放个屁都得叫好，越讨厌谁越得冲谁乐，乐得脸都抽筋了是什么滋味吗？ 你知道我为了拍个片子骗完项目骗赞助、骗完审查骗观众这活儿干得有多没劲吗——制片人都改叫'只骗人'了。 再跟你说个玄的，我有个前女友是开皮草行的，参观了一次活剥水貂皮就开始夜夜做噩梦，梦见自己也被开了个口子然后'啵'的一声从皮里拽了出来，因为这事儿她信了佛，结果还让一假冒'仁波切'财色通吃了。 谁没压力呀，谁活得容易呀？ 也就是你这种干高科技的，一不用缺德造孽，二不用自毁人格，站着就把钱挣了——你还有什么不知足的？"

对于我这番泄愤式的长篇大论，安小男似乎无话可说地点了点头。 但他随后却又说道："工作本身当然没有问题，只不过……"

"只不过什么？"

安小男猛然直视我，目光炯炯，"你知道李牧光的钱是哪儿来的吗？"

"不是卖玩具挣的吗？"

安小男的口齿也加快了，却远比我要冷静、清晰得多："我看过他的入库单和出货单，他那个公司处于整个儿玩具流通环节的末端，利润已经被其他公司瓜分得差不多了。 就以一个芭比娃娃为例，中国出厂价大约三美元，到了他手里已经涨到了将近十五美元，而他还要应付税收、场租和每个季度一轮的打折促销，再刨除美国那昂贵的人工成本，能打个平手就算万幸。 还记得他曾经跑到义乌，想要绕开代理商低价拿货的事情吗？ 当地的商会害怕得罪几家垄断性的贸易组织，根本没敢答应他。 总而言之，李牧光靠他玩具生意的营收，根本不可能赚出现在这么多的钱——你知道他在 H 市谈的那个项目投资有多少？ 连厂房带地皮他都想买，起码要拿出几千万人民币。"

我尽力跟着安小男的思路，大概听懂了他的意思，突然又含糊了一下，打断他问道："你说你……看过李牧光的流水单据？"

安小男"嗯"了一声。

"他怎么会让你看这种东西？ 你一个技术人员，他吃饱了撑的才会请你查公司的账。"

"说起来也是凑巧。 那些材料李牧光本来是不可能给我看的，他每次核对完货物，都会把单据放回仓库旁边的办公室里。 但这一阵他不是回国了吗？ 他待在 H 市而我又回了北京的那几个白天——也就是美国的夜里，我继续在办公室监控着仓库。 恰好这期间，公司到了一批货，是他手下的一个业务经理接收的，那人大概比较马虎，签完字就顺手把一摞单据都扔在了货架上，结果被风卷了一地。 而等到我上班打开摄像头的时候，看见仓库里乱七八糟都是纸张，还以为出了什么事儿呢，赶紧用摄像头的放大功能拉近了看，结果就大概了解了李牧光公司的经营情况。"

我这个技术方面的白痴又提出了新的疑问："摄像头都在天花板上，那些进货单和出货单上的字迹想必又很小，离得那么远能看清楚吗？"

"对于专用的高清摄像头来说不是问题。"安小男笑了笑，"没听说过吗？ 在伊拉克战争期间，假如一个萨达姆军营里的士兵正在吃橘子，美国卫星能够清楚地拍到他手里的橘子有几瓣。 类似的技术早就开始转入民用了。"

"再过两年，我们剧组的器材没准儿也该更新换代了。"我跑题道。

但安小男板起脸来问我："咱们还是说回李牧光吧。 既然现在的公司利润很薄，他的钱到底是哪儿来的呢？"

"也许是他在开玩具公司以前挣的呢？"我含糊道，"再说李牧光家里也给了他一笔启动资金……"

"可他告诉过我——你一定也知道，李牧光在做玩具生意之前患有神经性疾病，他一直在被强制治疗嗜睡症。"安小男敏捷地打断了我，"倒是你说的后一件事情可以作为解释，但那恰恰是让我怀疑的地方：李牧光的父母再怎么混得好，也是国企干部，他们的收入保证全家丰衣足食并不奇怪，然而聚积出那么大的一笔财富就说不通了。"

"你的意思是……"我几乎是在明知故问了。

"这里面有问题。"安小男笃定地抿了抿嘴，"道德问题。"

时隔多日，我再次听到他的嘴里进出了那两个字。 此时给我的感觉，"道德"这玩意儿简直就像一种罕见的隐疾，它蛰伏于宿主体内，无形无迹，但一有机会就会不可避免地发作。 在这喜庆的、觥筹交错的婚礼现场，我从安小男身上嗅出了前所未有的不合时宜的气味，仿佛他不是地球上的一个活生生的人，而是从哪个遥远的、未知的世界流窜过来的。他站在草坪上，却好像两脚悬空，只是一个飘飘然的人影。

接着，我的心里生出了一团厌恶。 这厌恶并非针对安小男，但恰恰因为没有具体指向而让我格外恼火。 我瞪着安小男，一字一顿地说："你这是病，得找个心理医生看看。"

"你说的是道德吗？"

"不是道德，而是你这种把一切都和道德扯上关系，再和一切较劲的怪癖。 这和卫道士有什么区别？ 搁一百年前你是不是也得哭天喊地地阻止女人天足寡妇改嫁呀？ 你刚过上几天安稳日子啊，这么快就好了伤疤忘了疼了？"我冷笑了一声又说，"而且你刚看出李牧光他们家有问题呀？ 告诉你，我早就看出来了，从他刚一入校上大学就看出来了。 但我们能怎么办——你又能怎么办？ 不为他那五斗米折腰吗？那好，你要有骨气的话就抡圆了抽丫一大嘴巴，搬回你的小平房里去，你妈的眼睛也干脆甭治了省得看着你糟心……我也懒得再管你了，我管够了。"

在我的逼视下，安小男的脑袋便低了下去。 他的嗓子里发出了"吭、吭"的声音，好像一个挨了批评正在吮泣的小学生。 片刻以后，他才重新仰起脸来，表情却很平静，甚至称得上淡漠："你说得也对。"

我乘胜追击道："我对在哪儿了你错在哪儿了——不要口是心非，要深刻反省。"

"日子得过下去，而且得好好儿过下去，你说的就是这个意思吧？"他嗫嚅道，"可我老管不住自己，成天都在乱想……我辜负了你对我的好意，我以后不这样了。"

他的声音很细小，让我一下子就心软了。 于是我不知是叹了还是舒了一口气，搂住了安小男的肩膀。 我挟着他往人群中走去，路上调整情绪，又掀起了一轮场面上的高潮：

"请允许我敬你们一杯！"

"为什么不呢？"大家雀跃着拥了上来，间或还有砰砰的开香槟酒的声音在半空中回荡。

那天我用七八种酒连续干了无数杯，但不知为何根本没有喝多。 和身边那热火朝天的气氛相反，我的心里只感到空寂、落寞，甚至有一丝寒意在周身游走，让我不时像刚撒完尿似的打个哆嗦。 安小男大概提前走了，不知何时我一回头，就发现他的座位上已经没有人了。 到了下午三点多钟，折腾够了的宾客们才零零落落地散了个干净，我终于也疲了，叉着两腿坐在椅子上一边抽烟一边看着满地狼藉发呆。小张则在当场开箱盘点收上来的份子钱，不时向我通报一声谁给多了下次得找机会把人情还上，谁比较"鸡贼"红包里的票子还不够自助餐的人头费呢。

过了一会儿，她走到我面前，递过来一个沉甸甸的纸包："你看看这个，也没写名字。"

我打开一看，里面居然是美元，而且都是百元大钞。 小张说她大致点了点，足有五千之多。

这五千美元大概是安小男从监控系统上获得的第一笔提成收入，而他也没换个信封，就给我送来了。 我把纸包还给小张："甭管谁的，来则收之，收则花之。 你不是一直想出国玩儿一圈儿吗？ 留着那时候用吧。"

"我是真没看出来，你们那群人里面居然还有这么值钱的友谊。"

"要是友谊犯得着用钱来衡量吗？"我惨笑道，"也许这是宣布跟我绝交呢。"

这之后的很长一段时间，我便再没见过安小男，就连电话也没通过一个。他仍在上地附近的那个写字楼里为李牧光工作着，同样没有再来找过我。分析一下我们互相敬而远之的心态，从我这边来讲，是因为他那冥顽不化的"道德感"令我感到疲惫和无所适从，而他呢，则是为了不得不继续端着眼下这个饭碗而羞愧，并害怕来自我的冷嘲热讽吧。所以说人哪，真没必要把自个儿的调子定得太高，除非你已经做好准备和生活决裂了——这也是义士们只有在刑场上的那两句豪言壮语才具有说服力的缘故——没有功德圆满的最后一枪，其他时候再怎么喊也做不得数。

实话实说，我这些年也没少"掰"过朋友。有些人是因为利益上的纠葛而翻了脸，还有些人也没什么具体的冲突，仿佛突然之间就话不投机了，然后互相在背后说对方"俗"。我本想用以往的经验来处理和安小男的疏远，宽慰自己"谁离了谁活不了"，但我居然没有做到。每当看到什么有关于我们母校的新闻，甚或在夜阑人静无法入睡之时，安小男那张老丝瓜般的脸总会无声无息地浮现出来，不动声色地搓着我心里的某个污痕累累的部位，搓得我的灵魂都疼了。安小男如芒在背，安小男如鲠在喉。但这样的感受我也不好意思对任何人提起，就连和小张都没说过，因为我无法接受自己对安小男的古怪感情被她往"基情"方面引申——这丫头怀孕期间闲得没事儿，看了不少日本电视剧，特别热衷于在男人与男人之间捕风捉影。按照她现在的理论，世界上根本就不存在同性的交情这码事儿，远到陈胜、吴广，近到希特勒和墨索里尼，无不是尽心竭力地"卖腐"的结果。

"你注意点儿胎教行不行，我们家可是三代单传。"我怒斥她，"再说对于龙阳这事儿，你不认为教唆和歧视一样可耻吗？"

又挨了些日子，我们的儿子终于顺利出生并且满月了。四面八方的闲杂人等咸来相贺，我索性又到外面摆了几桌，给了他们凑在一起说吉利话的机会。小张的奶水很足，那天饭还没吃到一半就又快喷了，于是赶紧抱着孩子离席。我也愈发觉得正常的繁殖能力似乎没什么可值得显摆的，对那些有口无凭的祝福更是提不起道谢的兴致，便默默地喝起了闷酒。我就这么成了一个孩子的父亲，但是除了把他制造出来之外，我还为他做了些什么呢？我是否曾经尝试过使他大驾光临的这个世界变得更美好一点呢？这样的疑问让我感到沮丧，越发地不想搭理人了。

正在低着头若有所思，身边似乎有人站了起来，朝着包间大门的方向打招呼："你怎么才来？"

"这么大的喜事儿，你也不早点儿告诉我。"进来的人热情地嗔怪我。

我抬起头来，赫然看见了李牧光。他穿着一身簇新的西服，越发显得身材高壮挺拔，方脸上挂着温润的笑。我赶紧对他解释："也不知道你是在外地还是外国……"

"甭管在哪儿也得专程来一趟——我可不像你那么薄情寡义，觉得我这朋友可有可无。"李牧光在我身边坐下，从皮包里掏出一样东西，"给咱们儿子的。"

他递过来的是一枚巴掌大的纯金长命锁，我一接，被那分量吓了一跳——居然是实心的。这些金子足够换一辆越野车的了。

我下意识地推让着："太重了，这要挂上对小孩儿颈椎不好。"

"没劲了啊，看不起我是不是？"

我只好把那块金疙瘩揣进兜里，和他寒暄了起来。除了这份大礼，今天李牧光的态度也让人觉得奇怪：他那种居高临下的语气不见了，哼哼哈哈的样子几乎可以称得上谄媚，全然不像一个少年得志的国际"新贵"。我打量着他，他也打量着我。我们的屁股一个比一个沉，直到把所有的客人都耗走了，李牧光站起身来，把门关上，回来后掏出烟来，双手笼着火儿为我点上。

我还在没话找话地试探他："H市那厂子筹备得怎么样了？"

"还行，土地批文已经快拿到了。他们还准备以我的这个厂子为试点，在 H 市城区打造一个高新产业园。"李牧光宣告着好消息，语气里却陡然没了喜色。

"那应该恭喜你才是——可惜我拿不出那么厚的礼。"我作势要举杯。

他摇了摇手，两眼迟疑地眨了眨："但我有点儿别的事儿想请你帮忙。"

帮什么样的忙能值得上偌大一个金锁呢？ 我郑重起来："什么事儿？"

"安小男的事儿。"

我心里怦然一跳，说："我也很久没跟他联系了。"

"但这种事儿还非得你去跟他谈谈不可。"李牧光下意识地往别处瞥了瞥，压低了声音说，"我怀疑他正在查我。"

"查你什么了？ 你什么时候发觉的？"

"就在最近。 以前我觉得他就是一傻乎乎的理科生，现在才发现这人太阴了。 自打我从 H 市回到北京，他就老套我的话，问的全是他不该问的事儿，比如我在美国的哪个银行存过钱，我在洛杉矶的房子是全款还是贷款，还有我和供货商的结算周期。 这还不算最过分的，就在上个星期，东北那边的亲戚突然告诉我，他居然还在刺探我们家里的情况……"

"他跑到东北去了吗？"

"那倒没有。 他通过电话和网络联系上了咱们分配到辽宁工作的那些校友，还拐弯抹角地找到了我上高中时的几个朋友，说什么他是公司人力资源部的，要为我建立信息档案。 这借口也太他妈拙劣了，美国是最尊重个人隐私的地方，哪个外企的人事部门需要掌握老板他爸担任过什么职务、交往过什么人、经常到哪个球场打高尔夫、打完球到哪个会所洗澡啊？ 好在我这人平日里手面还算大方，因此那些人就算嫉妒我也不愿意得罪我，扭脸就把这事儿告诉了我……而我一猜就猜到了是安小男。 我爸都退下来有些日子了，除了他，早已没人对我们家的事儿感兴趣了。"李牧光越讲越激动，又烦躁地咬了咬牙，咀嚼肌像马进食一样涌动着隆起，"到现在我都不知道这孙子这么干究竟有什么目的，而身边潜伏着这么一个人，实在太让人难受了。 就跟裤裆里盘了条蛇似的，谁知道它哪天不高兴了会照着你最要命的地方咬上一口。 我已经好几天都没睡好觉了，早上醒来一把一把地往下掉头发……你知道我现在最怀念的是什么时候吗？ 就是大学的时候躺在你上铺——完全没有烦心事儿，想睡多久就能睡多久……"

这时候我突然想，也许李牧光治愈了嗜睡症真不是一个明智之举。 人醒了就要折腾，从而把自己折腾进无穷无尽的麻烦之中，但折腾一圈儿的结论，往往不还是那句"浮生若梦"吗？ 早知如此，何必要醒。 然而我也知道，现在可不是抒发那些旧式文人感想的时候。 又不知是怎么搞的，李牧光所说的事情让我产生了某种暧昧、含混的好奇，但他那火燎屁股般的焦虑模样却引不起我丝毫的同情。

于是我盯着他的眼睛说:"这有什么难办的,你是老板他是员工啊。 如果他让你不舒服,你让他卷铺盖卷儿滚蛋不就得了吗——也不必在意我的面子,我对他已经仁至义尽了。"

李牧光嘟囔道:"事儿恐怕还不能这么说……我现在还不好解雇他。"

"为什么呢? "

"一句半句也说不清。"

"你该不会是怕打草惊蛇吧? "我嘿嘿干笑了两声,仿佛是在为自己那极其有限的逻辑推理能力而得意,"可不可以这样理解,安小男没准儿已经掌握了你——或许还有你家里——的什么事儿,而这些事儿又是不大适宜让太多的人知道的,所以你既讨厌安小男又害怕安小男,怕他被惹急了反倒会把事情捅出去。 至于你想让我帮的忙呢,自然就是说服安小男别找你的麻烦,你甚至还打算让我出面替你收买他,用钱堵住他的嘴……"

李牧光的额头上冒出一排虚汗,他抬手擦着,趁势挡着眼睛说:"可以这么理解。"

"那么好了,"我两手一摊,"你还应该告诉我,你害怕被安小男知道的到底是什么事儿。"

"有这个必要吗? 怎么你也调查起我来了。"李牧光梗了梗脖子,白了我一眼。

我不慌不忙地又对他说:"你要搞清楚情况,你既然想请我帮忙，那么总得对我坦诚一点儿吧，把我蒙在鼓里当枪使算怎么回事儿？ 再打个不一定恰当的比方：犯人的作案过程可以瞒着法官，但绝不能对他的辩护律师说假话。"

李牧光张开手指顶着太阳穴，好像在忍受头痛，喉咙里忽然发出了小狗一般的呜咽声。 现在我算看出来了，这人从来就不是一个心理强悍的狠角色，他曾经摆出来的精明和傲慢，只不过是仗着有钱虚张声势罢了。 只要面临足够大的外部压力，他便会像孩子一样乱了分寸。 果然，李牧光又磨叽了两下，随后便吞吞吐吐地向我交代了起来。 正如安小男所推测的，他从来就没在玩具生意里赚到过什么钱，而他也并没指望靠做正经买卖发家致富；开那个公司只是个幌子，其作用是把他爸积累下来的财富转移到美国去，说白了就是利用国际贸易来"洗钱"。 而追根溯源，李牧光家里的钱又是从哪儿来的呢？ 积累财富的过程往往要比转移财富更加简单粗暴：无非是提成回扣、资产贱卖那一套，相当一部分曾经辉煌过的国有大厂都是被这些人生生玩儿垮的。

当然，这都不是什么新鲜事情。 就连李牧光也委屈地说："不是好多人都这么干吗。"那语气就好像我的询问都是多此一举似的。 但我的心里却冒出了一种酣畅的、简直可以称之为快意的情绪。 这倒不是因为曾经不可一世的李牧光终于又在我面前服软认小，而是因为，这是我第一次听到在中国发了不义之财的那一小撮儿人亲口认账——此前从来没有过。

"该知道的你也知道了，那么你是不是可以……"李牧光满脸涨红地问我。

我眯着眼睛看了看他，缓缓地把那枚金锁拿出来，咚的一声拍在桌上。然后，我尽量铿锵地对自己做了个评价："我这个人吧，缺点是做人的底线偏低，但优点是还有点儿底线。"

李牧光反而笑了："真没想到，咱们俩的交情这么不牢靠。"

"在这种事儿上你跟我扯交情，本来就显得居心叵测。"我用贾惜春的台词反诘他，"我清清白白一个人，不想被你这样的人带坏了。"

我的态度不仅坚决，而且颇有几分豪壮。按照我的脚本，李牧光应该窘迫地、耻辱地离开，或者当场撕破脸，对我大发雷霆也可以。而不管哪种情况，我都将会成为某种意义上的胜利者——就像上中学时戒除手淫一样，哪怕满脑子里肉体横飞，可我最终"守住了也就光荣了"。

但没想到，李牧光非但屁股纹丝不动，而且把身子往椅背上一靠，坐得更加舒展了。他又点上了一根烟，透过浓郁的烟雾似笑非笑地打量着我。他的神色反倒让我不由自主地感到了虚弱，并且对刚才的那番表态自我反省了起来：我有想象中那么昂然而坚定吗？我把李牧光"崩儿"回去，是出于自己的本意吗？另外，难不成我在潜移默化中受到了安小男的洗脑，因此处事态度也开始"安小男化"了？

我正在颠三倒四地踌躇着，李牧光却幽幽地撒过来一句话："就算咱们两个人的交情不值什么，你还是要考虑一下三个人的交情嘛。"

"怎么成了三个人的事儿……还有谁？"

"你表妹林琳啊。"他轻巧地说。

我的眼睛仿佛往外鼓了一鼓："跟她有什么关系？"

"我们已经结婚了，就在我上次回美国期间。"李牧光再次对我亲热地笑了，"论起亲戚来，我现在得管你叫表舅子了，难道林琳没告诉过你吗？"

没想到会插进来这么一个突然性的消息，我的头都大了，猛地抓住了李牧光的衣领子："她从来没跟我提过……这丫头只跟我说过，她正在斯坦福大学读博士。你妈的王八蛋，居然敢勾引我表妹。"

"都是一家人了，别把话说得那么难听。"李牧光把我的手拨开，脸却凑得离我更近了，"再说我也没勾引她啊，是你表妹自己来找我的，她哭着喊着想嫁给我，拦都拦不住。"

"别扯淡了，我表妹是个女学霸，她怎么可能看上你这种暴发户。"

"可我是个国际暴发户啊，拥有美国国籍。"李牧光说，"说白了吧，林琳除了一门心思念书之外，还一门心思想留在美国，而她的留学签证又马上就要到期了，所以她突然找到我，想要跟我假结婚——你也不要太吃惊，这种事情很常见，唐人街还有专门的中介在做这种生意呢，只不过给留学生们介绍的都是美国孤寡老人。所以说，哪怕是名义上的丈夫，林琳能找上我还算不错呢，且不提钱，哥们儿起码体健貌端，比那些肯德基上校似的洋老头儿可强多了。"

难道不找他李牧光，我表妹就要嫁给肯德基上校和麦当劳叔叔吗？我憋着口气说："照你的说法，你娶了她还是帮她的忙啦？"

"这首先当然是看在你的面子上喽。而且我也不是白帮忙，如果林琳成了我的妻子，我可以用她的名义开个银行户头，用来处理我的那些……款项。她家底清白，无论是中国还是美国政府都不会怀疑到她头上。"李牧光说，"还是说回你表妹的情况吧。我再给你普法，按照美国的现行规定，结婚之后必须通过两年的审核期而不被移民局发现破绽，她才能拿到独立绿卡。而这期间如果我向美国政府揭发她，会发生什么情况呢？对于我这个美国人来说无非是罚点儿款，大不了再交点儿律师费罢了，而她呢，驱逐出境都是轻的，并且还有可能因为婚姻欺诈而被判一年监禁——你可以自己到网上去查，最近有一拨儿串通美国水兵假结婚的东欧女人就被这么处理了，这案子在美国很有名。"

我都快听不下去了："李牧光，你他妈的威胁我是不是？"

"我是想提醒你血浓于水，不过你要是把这理解为要挟也无所谓。"说到这儿，李牧光终于露出了优雅的、全然无耻的笑容，"我知道我的做法有点儿不地道，但对于你来说，当务之急应该是和我这个妹夫搞好关系，否则你表妹的苦日子可就来了。 试想林琳要是真坐了牢，你们一家人尤其是你姥爷得有多伤心啊……据我所知他老人家都八十多了，这两年身体还不太好。 而我想让你做的事也并不难，你对安小男有恩，他又把你看成唯一的——朋友，你的话他一定听得进去。"

接着，李牧光伸出两根指头，轻柔地推着那枚长命锁，让它像一只金光灿灿的小乌龟一样爬到了我的近前。 我低头盯着那坨金子，看得头晕目眩，而李牧光却拍了拍我的肩膀，再没说什么就走了。

那天回家之后，我所做的第一件事就是尝试着联系林琳，但她在美国的手机居然停机了，再打她在斯坦福附近租住的公寓电话，一个外国老太太告诉我，她几个月之前就搬走了。 于是我又去找林琳她爸，也就是我的前姨父。 这儿要补充一句，我表妹的父母早就离婚了，她爸娶了自己的女秘书，她妈没过多久就心肌梗死去世了，我们一家人都认为林琳她妈是被她爸给气死的。 而那位老花花公子对女儿的情况知道得比我还少，他连林琳进了哪所大学读博士都没搞清楚：

"她在斯坦福吗？ ……这么说我女儿和克林顿的女儿还是校友呢。"

"嗯，您和克林顿也有相同的爱好。"我说。

把亲戚们问了一圈儿，居然是从我姥爷家固话的来电显示里找到了林琳的新手机号码。 她曾经给我姥爷打过一个电话，也没提她结婚的事儿，只是简短地问了个安。 但或许是"隔辈亲"的心灵感应吧，我姥爷一口咬定林琳是心事重重的，并让我一定要劝她"凡事看开点儿，实在不行就回来"。 我哼哼哈哈地答应着，出门用手机拨通了林琳的电话。

电话通了，中国的傍晚连接了美国的黎明。 林琳半晌才开口，她这一次没叫我"怪胎"，也没叫我"混混儿"，而是低低地唤了一声：

"哥。"

记得我最后一次见到林琳，还是在机场送她去留学呢，那时她还是个俏皮的小甜姐儿，临走前狠狠地扯住我的耳朵揪了一记。 而现在，她连个招呼也没打，就把自己给嫁了。我也沉默了一会儿，才说："才知道你结婚的事儿，但你别指望我会恭喜你。"

"李牧光告诉你了？"

"嫁得好呀，挑了个有钱的主儿。"

"你应该知道，我和他结婚可不是为了钱。"林琳的口气随着我一起变冷了，"再说他对婚前财产做过了公证，就算我们离了，我也分不到他一毛钱。"

"只为了个美国户口，就把自个儿嫁了？"

"可以这么说。 美国经济不景气，大学和研究所的预算都削减了一大截，我熬了八年才熬到一个博士学位，可还是找不到工作，要想继续留下也只能通过结婚办个身份了……
比起雇来的人，你这个同学还算靠得住，更重要的是愿意帮
我的忙……我想，干脆就别浪费时间了。"

林琳的话让我想起了当初她与安小男的那场约会闹剧。
"别浪费时间"，那时候她也是这么说的。她到底是聪明还
是傻呀。

我问她："然后你允许他使用你的名字去开账户什么
的？"

"反正我名下也没钱，随他怎么使去。"

"你这是图什么呀？混不下去了回来不就得了吗？"我
恶狠狠地说，"是不是人一到那边脑子都变笨了？现在不比
以前了，美国有的中国也有，这边儿挣钱的机会没准儿比那
边儿还要多呢。别跟我说你是为了民主自由才死乞白赖留在
那儿的，在国内的时候也没见你好过那一口儿……"

林琳却没跟我吵，而是缓缓地对我说："我也有我的难
处。家里的情况是一方面，我没妈了，爸也等于没有了，当
初之所以决心要走，就是这个原因。其实快毕业的时候也不
是没想过回国，但事到临头又犹豫了。我已经不年轻了，回
去的话得重新习惯中国的空气、交通，得重新学习那些明规
则潜规则还有想想就让人头疼的人际关系，还得打起精神来
和那些比我年轻得多的孩子竞争，这对我来说实在是太难
了……我是个两头不靠的人，如果回去的话仍然没找到出
路，那就算彻底失败了，可我承受不了失败，只能硬着头皮

在美国扛下去……站在我的处境想一想，你说我还能有什么办法？"

　　说着说着，林琳抽泣了两声。 我和她隔着一个太平洋，却仿佛看到了她的眼泪亮晶晶地滑落了下来。 我又想起了我们小的时候，因为家里大人都忙，一到寒暑假就被送到姥爷家相依为命。 那时候林琳老和我大吵大闹，还曾经为了半根糖葫芦把我的脸挠出过一片血道子，但我要是真的烦她了，不跟她说话了，她就会一声不吭地跟在我身后，脸上默默地滚着泪水。 她说我不理她就是欺负她。

　　我的鼻子一酸，对林琳说："不管怎么说你也是我妹。如果李牧光趁机欺负你，你就告诉我，我他妈坐着飞机到美国跟他拼命去。"

　　林琳更加响亮地抽了抽鼻子，想对我咯咯笑两声，却完全笑跑了调。 她又说："别担心我和李牧光的关系。 假结婚嘛，我们只是走了个手续，其实还是互不相干，更没在一块儿住。 我已经搬到了西雅图，在这边的大学里找了份短期代课的工作，而且跟他说好了，一旦拿到绿卡，就跟他离婚。"

　　我愕然了一下："你还挺坚贞。"

　　"我只是求他帮忙，但绝不想把这事儿变成卖淫。"林琳说。

7

再引申一下我对李牧光所说的那句自我评价：假如我这人的优点是还有点儿底线，那么缺点却是底线偏软，随便被什么外力一捅，往往便汤汤水水、乌七八糟地漏了一地。既然不仅低而且软，那么再奢谈底线不仅形同放屁，而且还会给自己带来许多不必要的困扰。和李牧光的那番对峙反倒令我更加明确了这个道理，因此受他之命去说服安小男的时候，我尽量把自己调整成了漠然的、就事论事的心态。我一再提醒自己不要再被安小男的情绪所蛊惑。

随着北京路面的大拆大建，上地那地方几乎变得令我认不出来了。原先窄小、坑洼的柏油路被大幅度拓宽，路边新增了许多奇形怪状的建筑，有一栋大楼竟然像是正在缓缓降落的飞碟。越来越多的高科技公司把总部搬到了这里，原先的那些近郊农民则摇身一变成了房东，和新迁入的外来者们既互相羡慕又互相蔑视着。安小男所在的那幢写字楼显得旧了一些，但他的办公环境却经过了扩充和改造，面积达到了一百多平方米，俨然是个相当正规的跨国企业驻华办事处了。毛玻璃门上悬挂着李牧光公司的名头，屋里的空间分成两块，一块仍是联通着美国仓库的值班室，另一块则是"产品研发部"，还新雇了两个技术员，在安小男的带领下对监控设备做进一步的调试。

我推门走进办公室的时候，安小男正举着一只摄像头，对一个二十多岁的小伙子讲解着什么。这场面倒令我对完成任务有了信心：看起来他仍然是很在乎这个饭碗的。而当安小男扭过头来，我们的见面还是不免尴尬——毕竟相互冷落了不少日子，这时都不知道该怎么打招呼了。

我搓了搓手，讪笑道："正好到这边来办事，想到好久没见你了……"

"我挺好。"安小男僵着脸说，"你也挺好？"

"瞧瞧你，真像个领导了。"

"卖出去的产品得做售后，李牧光怕我一个人忙不过来，就又找了两个帮忙的。"安小男放下手里的东西，抄起工作台上的外套说，"这儿太乱，咱们到楼下的咖啡馆聊吧。"

"不用专门招待我，给我杯白开水就行……"

他却没理我，径直领我走出了办公室，来到电梯间。铁门合拢，短暂的失重感从下半身袭来，他忽然又说："我怀疑那些人是李牧光派来监视我的。"

员工和老板之间互相提防到了这个地步，所以才会苦了我这个中间人。我感到自己就像三明治里的那片奶酪，在两块面包之间夹得紧紧的，横竖躲不过被咬一口的厄运。而酝酿好的那些话却不知从何说起了。

在咖啡馆里坐定之后，安小男直接抛过来一句："你也是李牧光请来的吧？"

他再怎么不通人情世故，但他还是个聪明人。我坦诚地点了点头，反问他："你真的在调查李牧光？"

安小男没说话，这就等于默认了。

我说："何苦呢？"

"最开始就是因为好奇吧。"安小男说，"你也知道我这人有点儿……怪癖，对什么事儿都爱刨根问底。"

我问到了关键性的地方："那么你掌握了什么……信息了吗？"

安小男清脆地嗑了一记牙花子："很抱歉，这就不能告诉你了。"

他那警惕的样子，明显是彻底把我当成李牧光的人了。我脸上红了红，但也只好硬着头皮继续说："我知道你眼里揉不得沙子，特别有原则和……道德。我这个人呢，没什么骨气，但是非好歹还是分得清楚的，所以能和你做朋友，我感到很荣幸。但我也想问你一个问题——假如世道真的出了问题，我们又能怎么办呢？跟丫死磕吗？那好像也改变不了什么。人生下来不是为了当斗士的，我们要吃饭，我们的家人也要吃饭，能当个好儿子、好丈夫和好爹就已经不容易了。让李牧光他们那些人富去吧，反正他们黑的是全国人民的钱，平摊到咱们头上顶多相当于俩钢镚儿掉下水道里了，不值得心疼。再说个你举过的例子，咱们学校电脑城楼顶上的那圈儿灯，它就算不合格，大楼不还在那儿戳着吗？可见个人觉得天大的事儿，其实并不影响世界照转……"

"处在你这个位置，当然可以事不关己高高挂起了。"安小男突然打断我，"但你有没有想过，一旦李牧光那样的人祸害到我们头上会怎么样？ 谁能承受得起啊？"

"你……具体指的是什么呢？"

安小男说："上次参加完你的婚礼之后，我也用你的话劝过自己，但事情随后的进展让我忍不下去了。 你知道他在 H 市的厂子选定了哪块地吗？ 就是我妈现在住的那片宿舍区。 政府早就想拿那块地方开发房地产了，正愁找不到由头，恰好他的项目就来了。 他们的计划是把附近几平方公里的民房统统拆掉，一小部分用来建科技产业园，其余的都盖成商品楼往外卖。 至于以前住在那里的退休工人，只能被赶到郊区的安置房里去，那里基本上就是一片孤零零的荒地，连公共汽车都不通，上医院要徒步走上十几公里。 这些老工人招谁惹谁了？ 他们苦哈哈地干了一辈子，许多人都落下了一身病，结果却像没用的牲口一样被赶出家门自生自灭……而这都是因为李牧光……"

原来还有这样一层关系。 大约安小男想做的事，就是找出破绽并停掉李牧光的投资项目，从而保全那一片老宿舍区。 我躲着他的眼睛，继续找着说辞："拆迁的事情对你的影响其实并不大。 你现在的收入不低，完全可以给你妈在 H 市城区买一套像样的房子，哪怕就是接到北京来也行，这边的医疗条件更好。 如果手头实在紧的话，我还可以替你去跟李牧光谈谈……"

"但我们家的那些邻居呢？"安小男再次打断了我，"我能管我妈，谁来管他们呀？ 我爸死得早，我妈的身体又不好，自从我们退掉了以前的房子，搬到那片宿舍区，就一直受到邻居们的照顾。 记得高考之前我从楼梯上滚下来摔折了腿，还是邻居们用三轮车把我拉到考场的。 现在我是不为钱发愁了，却把他们抛下不管，这道德吗？"

安小男再次说出了"道德"这个字眼，但这一次，质问的对象却变成了他自己。 他的手臂横放在桌子上，面前那杯一口没动的咖啡里，泛起了一圈又一圈的涟漪。 他的眼眶也空洞地撑大了一圈儿，好像突然坠入黑暗之中的夜盲症患者。 这时我的心里已经很清楚，对这个状态的人是没法"讲理"了。 或者说，我这种人根本没资格与他理论。

可是李牧光不容我退缩回去。 我今天出门之前，还接到了他的电话："等着你的好消息。"然后他又对我说，美国移民局已经开始对他和林琳的婚姻进行核实审查了。 于是，我换上了那种饱含感情但实则无赖的口吻："安小男，我对你也不错吧。"

"你对我有恩，这我忘不了。"他简短地说。

"那么我求你为我考虑一次，就权当是你报答我了好不好？"在羞愧和感伤的双重情绪下，我的嗓子居然哽咽了。这到底是真情流露，还是在进行某种夸张的表演呢？ 我本人也说不清楚。 接着，我就把我表妹林琳和李牧光的那场非事实婚姻告诉了安小男。 如果李牧光不高兴了，便会把林琳送进监狱，他真有这样的权利，也有这种狠劲儿。 讲完之后，

我又补充道:

"林琳你还记得吧? 这么多年以来,只有一个女孩曾经表示喜欢过你,那就是她。"

安小男半张着嘴,点了点头。

"我知道这是个不情之请,也知道我的要求不那么……道德。"我接着说,"但我实在没办法了。 今天这件事提得太突然,我不指望你能现在就答复我,只希望你再做什么事情的时候,还记着有我这么个朋友,好吗?"

说完,我就低下了头,看着自己面前那半杯咖啡里的涟漪。 水波一圈又一圈儿地扩大,仿佛地球正在蠕动。 在斯皮尔伯格的电影里,这样的波纹总是预兆着什么惊天动地的危险,比如将会蹿出一头恐龙,或者火山快要喷发了。 然而很遗憾,时间不知过去了多久,当我恍然地抬起头来,安小男还是我对面那个木然的安小男。 我们的世界未曾发生任何改变。

我叹了口气,欠起身来叫服务员结账。 但这时,安小男却摆了摆手,示意我继续坐下。 他干哑、迟疑地开了口:"有件事我也一直想告诉你,但始终没说……是关于我爸的。"

我疑惑了一下:"我见过他的照片……"

"搬到现在那片宿舍区之前,我们三口人住在当地一家建筑公司的家属院儿里,我爸是那单位的土木工程师。"安小男断断续续地讲了起来,声如锉铁,但音调悠远,"记得十岁以前，家里的日子还是挺好过的，福利好，房子大，更没为钱犯过难。因为有个设计方案受到了省里领导的表扬，我爸很年轻就被提拔成了公司的副总，但没想到厄运从此就来了。以前他只管埋头画图纸，并不过问工程的具体进度，但进了管理层之后，却发现公司的几个领导没有一个不贪的。他们把钢筋的标号降低，用来路不明的劣质水泥代替品牌货，居然连地基的深度也敢改，克扣下来的钱都揣进个人腰包里了。那些人还拉我爸入伙，表示可以把赃款分给他一部分，我爸不敢答应，他们先是笑话他傻，后来还集体排挤他……这也好理解，假如所有人都在贪的话，不贪的那个就破坏了生态，成了众矢之的。为了避开这些人，我爸提出不再参与公司层面的决策，回到原来的岗位上继续画图纸，但那些人仍然没放过他……后来终于出事儿了，他们公司承建的一个会展中心发生了垮塌，砸死了几个工人。事故的原因是使用了不合格的建筑材料，可那几个领导却买通了监察部门，还走了上层关系，硬把责任扣到了我爸头上，说是他的设计方案不合理导致的。我爸被就地免职，还被公安局的人监控了起来，死者的家属也一天到晚上门来闹，说要让他一命还一命，我和我妈连家门也不敢出……"

咖啡杯里的涟漪忽然停了。安小男的身体离开了桌子，直直地靠在了沙发座的椅背上。他闭上了眼睛，我张了张嘴却没发出声音。

漫长的几秒钟之后，安小男重新开始说话："刚才讲的那些，是我后来才听说的事实。而我记得最清楚的，还是最后一次见到我爸时的情形。当时是晚上，我正趴在客厅的餐桌上做奥数题，看见我爸打开他书房的门走了出来。自从出了那件事，他在几天之内老了十几岁，连头发都白了大半，在日光灯下银光闪闪的。我抬头望望我爸，没敢说话，我爸却破天荒地朝我笑了笑，低头看看作业本，问我学到了哪一课，有什么不明白的东西没有。我就一道题接着一道题地对他讲了起来，他歪着脑袋好像在听。等我讲完了，我爸忽然俯下身子抱住了我，问了我一句和数学题不相干的话。他说：他们那些人怎么能这么没有道德呢？这个问题我根本听不懂，当然没法回答，而我爸说完，就慢慢地走出了家门。他走得弯腰驼背，连头也没有回……二十分钟之后，单位保安敲我们家的门，告诉我妈，我爸从十九层办公楼的顶端跳下去了。"

说到这儿，安小男再次闭上了眼，如同正襟危坐地睡觉。无须他再做什么解释，我已经明白了他的意思，甚而可以说终于明白了他这个人。他爸那句关于"道德"的感慨如同天问，在安小男的心里种下了缠扰毕生的魔咒。从此他一直致力于求解那道难题，仿佛一旦解开，父亲就能死得其所。

"刚开始我和我妈一样，恨的只是我爸生前的那些领导和同事。但后来渐渐就变了，我觉得我爸所说的'他们'并不是那几个具体的人，而是世界上的所有人；我爸讲到的

'道德'也不是一件事情上的对与错，而是笼罩着整个儿地球的神秘理念。 但道德究竟是什么呢？ 它既然那么重要，为什么又会被人轻而易举地忘却和抛弃呢？ 一看到这个词我就想哭，一说到这个词我的心就会发抖，在我看来，我爸不是死于自杀，也不是被人害死的，他是为一个浩浩荡荡的宏大谜团殉葬了……为了解开这个谜，我曾经求助于历史和人文学科，可最后还是失败了。 你还记得我写过的那篇文章吗？ 我在里面说中国人已经没有道德可言了，但那只是在承认失败，是为了让自己认命。 其实我不是那么想的，因为那种痛彻骨髓的感觉仍然存在。 在没有道德的社会里，怎么会有人为了道德而疼痛呢？ ……"

这时，安小男的神态毫无过渡地变得暴烈，他的一只手还在胸口撕扯着，手肘撞到了桌角发出闷响，使得咖啡中的涟漪变成了海浪，热腾腾地泼了出来。 接着，安小男便哭了，头两声凄厉如狼嗥，被邻桌的两个女孩惊异地看了一眼之后，就变成了汩汩不息的呜咽。 他的眼泪在脸上奔涌着，像个受了天大委屈的孩子。

这人几乎完全失控了。 我赶紧掏出张钞票压在杯子底下，走到桌子对面，试图扶着他站起来。 我们撕扯挣扎了一会儿，才跟跟跄跄走出了咖啡馆。 马路上是明朗的艳阳天，铺天盖地的光线之中，卡车扬起的尘埃像海里的微生物一样漂浮着。 一家饭馆里走出了三个同样脚下拌蒜的男人，他们中的那个胖子喝多了，正豪迈地发表演讲，呕吐物就顺着他的嘴汹涌地漫过了胸膛。 一个小个子男人被胖子夹在腋下，同病相怜地对我投来一笑。

"怎么有人活得那么容易，有人就活得那么难呢……"安小男已经哭得浑身抽搐了起来，两脚在路面上毫无方向地漫舞着。

我没再和他说话，近乎坚忍地把他架回了"监控室"里，扶到窄小的单人床上躺下。 那两个小伙子关切地过来询问，我把他们都推了出去，反手拉上了门，将安小男关在了里面。 整理着被他浸湿揉皱的外套往外走时，我突然想，随着这次说客任务的结束，我和安小男的友谊也可以寿终正寝了吧。 不管他以后是继续为李牧光为难，还是因为我而隐忍下去，都不是我能够管得了的事情了。 我们已经互相摊了牌，他不可能再对我这种混混儿高看一眼，我也无法理解一个幼年丧父之人的创痛。 我们从骨子里就不是一条道儿上的人，道不同不相为谋。

但晚上回到家，躺在床上之后，我却还是不由自主地想着安小男这个人。 在我看来，他虽然口口声声地宣称着"道德"，然而他是否能对这个词汇做出一个哪怕是个人主观意义上的定义呢？ 恐怕是做不到的。 他敌视李牧光的"道德"和本科时怒斥商教授的"道德"是一码事吗？ 这两者是否又和他拒绝银行行长的"道德"一脉相承？ 安小男想必给不出答案。"道德"让他在二十年来备受煎熬，却又在他的脑海中长久地面目模糊。 虽然他曾经用他那理科天才的大脑去剖析研究过它，但归根结底不过是被他爸死前的一句感慨蛊惑了、催眠了。 按照我惯有的那种嘲讽性的、自以为世事洞明的思路，安小男的生活可以被定义为一场怪诞的黑色喜剧，而我也可以一如既往地从几声苦涩的冷笑中重新获得轻松。

但我没能做到。 夜已经深了，窗外的天空静谧、幽深，连风的声音都没有。 孩子吃饱了奶，和保姆睡在隔壁，小张正靠着枕头看书，脸色在台灯下分外光洁。 在这安详的暗软的氛围里，我却感到了浩大无比的悲怆，仿佛肉体以外的东西都被震成了粉末。

随后的几天，我到一家贵金属商场卖掉了李牧光送的金锁，又将一份还没到期的理财产品赎了出来，然后把那些现金换成了美元。 如果安小男真的和李牧光决裂的话，那么我应该提前为林琳做打算。 据我所知，在美国请律师打官司是很贵的，这点儿钱恐怕还是远远不够，但我能做的似乎也只有这么多了。

然而日子一天接一天地过去，无论中国还是美国都风平浪静，并没有什么突发消息传来。 一个多月以后，一直没跟我联系的李牧光终于打来了电话，他的腔调又恢复了原先的志得意满：

"还是你行，帮了我的大忙了。"

李牧光告诉我，根据多方打探以及安插在公司里的"眼线"的汇报，安小男已经彻底放弃了对他的调查。 不仅如此，安小男的工作态度也比以前更加任劳任怨了，每天除了监视仓库，就是坐在电脑前废寝忘食地调试修改那些监控器材的操作程序。随着他从李牧光的心腹大患变回了左膀右臂，量产版的跨国保安系统定型在即，而 H 市那片厂区的兴建计划也通过了主管部门的审批，只等着半年以后正式开工了。"现在还有一点小小的麻烦，以前那些居民不想搬走，纠集起来静坐示威了几次。但是梅花欢喜漫天雪，冻死苍蝇未足奇，"美国人李牧光居然引用了两句毛主席诗词，"这些小打小闹能成什么气候？在你们国家，政府决定的事情是不能阻挡的，大不了抓几个判几个，推土机就轰隆隆地开过去了。"

接着，他专门提到了我的表妹：林琳已经拿到了婚内绿卡，一年多以后就可以升级为独立绿卡，有资格在美国定居下来。届时他也将信守承诺，和林琳离婚。至于我，他表示已经和 H 市内的一家文化公司达成协议，拍摄一部宣传他这个"华人企业家"的专题片，并请我担任导演："费用你可以随便提。"

"另请高明吧，我手头还有俩别的片子没剪完。"我说。

"你挂名也行……我就是想谢谢你。"李牧光故技重演地说，"你要不答应就是看不起我。"

"那不敢，我他妈配看不起谁呀。"我不由自主地衰颓了下去。

与我相反，李牧光的声调陡然高亢了起来："你也不必跟我打马虎眼，我知道你是怎么想的。你觉得我的钱来得不干净，觉得我这人不那么……道德，对不对？这些我都承认，但我还想向你说明一点，钱来得不干净不等于用得不干净，更不等于以后永远来得不干净。佛教里不是还说放下屠刀立地成佛吗？还有西方那些倍儿光明倍儿灿烂动不动就绷着块儿维护普世价值的国家，不也是从羊吃人、从奴隶贸易干起来的吗？所以别纠缠于我以前干了什么，还得看看我以后会干什么。一直以来，我就想找一个合适的项目，把手头的钱投到光明正大的生意里去，我亏过本也被人骗过，现在总算抓住了机会……当然这还得感谢安小男。为了生产监控设备，我已经注册了新公司，等它一旦开始赢利，我就不是从前的我了，我会变成下一个比尔·盖茨、乔布斯和扎克伯格……"

李牧光说得如此诚恳，如此梦幻，仿佛手中握有不容辩驳的信念与真理。但我的脑子更乱了，同时还感到了累，累得连听人说话都成了一种莫大的负担。我嘟囔了一句："随你大小便吧……反正我是不想掺和你们的事儿了。"说完便挂了电话。

就此，我与安小男和李牧光都断了往来，而他们也不约而同地没再打搅我的生活。随后的一段日子里，我的工作也发生了一些变化。我放弃了"体制内"的身份，从电视台的节目制作中心跳槽到了一家才上线没多久的视频网站。新东家并没有给我提供更高的工资和制作经费，却不会粗暴地干涉我的拍摄题材。 很多过去一直酝酿着的构思终于得以实施，居然在小范围内获得了不错的声誉。 与此同时，我的儿子也在茁壮成长，当我在外地拍片子的时候，小张会打开结婚时安小男赠送的那套微缩版的监控设备，让儿子在摄像头前为我表演种种人类奇观：翻身、打哈欠、乱哭乱叫，第一次坐立，第一次尝试爬行，第一次学大人做鬼脸……

在这种时刻，我才会想起那两个曾经的朋友。 半年的时间一眨眼便过去了，H 市的科技园是不是即将正式动工了呢？ 看来老宿舍区已经无可避免地面临拆迁，而安小男终于没有做出让李牧光担心的举动。 他是彻底无能为力了呢，还是被我说服了？ 我的"恩情"能对他起得了那么大的作用吗？ 也不知为何，我总是隐隐觉得我们三个的事情还没完，就像人已散曲未终，仍然有一股潜流在我们之间流淌，酝酿着冲出地表的爆发。

虽然早有预感，但那一天终于来临时，还是让人猝不及防。 当时是中秋节前后，我正带着剧组在江苏拍摄化工厂排污造成的海鸟灭绝，突然接到了李牧光的电话。 这一次，他一句寒暄也没有，劈头就问："安小男去哪儿了？"

我反问他："他不是在你公司上班吗，你问我干吗？"

"他跑了，一个招呼也没打，我让人找了好几天都没找到。"李牧光咬牙切齿地说，"说实话，是不是你把他藏起来的？"

我突然火了："你他妈什么意思？ 他在的时候你找我，

他不见了你还找我？ 我又不是专业给你擦屁股的。"

"反正我要是出了事儿，你表妹就别想在美国待下去了。"李牧光又骂了句脏话，摔了电话。

我一头雾水，同时心里窝火，但还是从手机电话簿里找出安小男的号码，拨了过去。 电话没通，一个电子娘儿们告诉我："您所拨打的电话已停机。"

这之后的两天，我心里一直都是惶惶然的。 而到了第三天，小张突然打了一个电话过来。 她还没开口却先呜咽了两嗓子，然后喊叫着让我立刻回家。

我还以为是儿子生病了呢，便道："别怕别怕，有事儿慢慢说。"

"你在外面得罪什么人了？ 要不就是安小男，他干吗要连累你？"小张说。

我心里咯噔一下："到底怎么了？"

小张顺了几口气，才把事情说清楚。 原来就在刚才，有三个东北口音的男人来我们家敲门，声称是网站派来给我送月饼的，没想到小张才一开门，他们就闯进屋里来，不仅把每个房间都逛了一遍，还恶狠狠地问我们"把安小男藏到哪儿了"。 这几个男人虽然没有身穿整齐划一的黑西装，但是有的剃着个大光头，有的领口底下露出一根龙或者带鱼的尾巴，看起来很像"道儿上"的人。 小张自然被吓得魂不附体，抱着儿子只是摇头。 好在小区的物业恰好上来收物业费，他们才一声不吭地走了。

　　我费了好大口舌让小张放心，又建议把她姐叫到家里住两天，总算把她安抚下来。随后我又给安小男打电话，但仍然是停机。这个时候，我已经猜到了什么，便克服着烦躁又给李牧光打，没想到他的电话也关了，听筒里传出一片忙音。

　　两个人都找不着了，让我像没头苍蝇飞进了微波炉，沉浸在随时会被烤熟的危机之中。这一天剩下的时间里，我也无心干活儿了，草草让大家收了工，把自己憋在宾馆里，坐一会儿，卧一会儿，又打开电脑到网上溜达一会儿，总之是安生不下来。一晃到了晚上九点多钟，一条已经被转发了两万多次的微博辗转出现在我的页面上，标题像所有热门消息一样耸人听闻：贪官家族转移财产，芭比娃娃惨遭肢解。内容则是一组连环画似的高清照片，图中的男人在大部分时间里侧对着镜头，只露了半张脸；他从货架上搬下了一箱玩具，拿出里面的数十个芭比娃娃，然后粗暴地扭断了它们的脊椎，导致它们的胳膊腿散落一地。从娃娃们的腹腔里，则掏出了一捆一捆的钞票，估摸是大面额的美元，此外居然还有十来根金条……图下配了说明，指出这组照片是在美国洛杉矶的一家仓库里拍到的，照片里的主人公名叫李牧光，身份既是美国人，又是一名东北国企退休领导的儿子。我又放大一张图片看了看，在右下角的角落里，发现了截屏过程中留下的时间标记。照片拍摄在几个月以前，正是李牧光对安小男最为寝食难安、提心吊胆的那个阶段。具体时刻则是中国的黎明、美国的傍晚，仓库里的美国搬运工人已经下班离开，中国电脑屏幕前的安小男又还没有上班。在不是人来人往就是被摄像头严密监控的仓库里，只有这段时间是个空当。

微博是用"天眼"这个网名发出的，一经推送便呈几何级数扩散。网友们除了一如既往地调侃、骂街，还人肉出了李牧光及其家人的各种背景资料，并推理再现了他们利用玩具贸易洗钱的全过程：随着我们国家反腐力度的加强，领导干部的账号已经被严密监控，这使得他们不敢再像过去那样通过金融渠道大摇大摆地转移资产，手里的钱也成了烫手的山芋；比起那些把现金在家里堆积如山、放到发霉的贪官，李牧光一家的手法倒是独辟蹊径，他们在国内把钱和金条塞进了即将出口的玩具体内，再把这些玩具的批次和箱号告诉李牧光，一旦在美国接了货，剩下的事情就方便了。这么干不光安全隐蔽，而且还省去了被洗钱机构抽头的烦恼呢。

不出所料，安小男终于"出手"了。李牧光费尽心力地要挟我去说服他，只不过把事情往后拖延了不到半年而已。H 市的科技园用地应该还没有正式开工吧？考虑到这桩丑闻的恶劣影响，那个项目八成是会被临时叫停的，老宿舍区从而也避免了拆迁。至于跑到我家去找安小男的那些男人，我倒认为不太可能是李牧光指使的，而是他爸或者哪个气急败坏的叔叔伯伯所为。他们这么做，当然是想用威胁的方法逼迫安小男删掉微博，但这个想法却太幼稚，太不了解今天的互联网了。 一条信息只要发出，就会和它的主人毫无关系，它更像是游弋在宇宙中的一颗彗星，到底是在茫茫的时空里销声匿迹，还是天崩地裂地把地球撞出一个大洞，都不是人能够决定的了。

而我随后的一个反应，则是得赶紧去一趟美国。 在事情的连锁反应里，林琳是那条被殃及的池鱼，就算救不了她，我也要看她一眼。

8

这几十年以来，中国人前往最多的国家就是美国了。 无数有志之士像不远万里前去交配的信天翁一样飞越太平洋，摇身一变成了遍地精英或者遍地土鳖。 然而"去美国"这个行为却又存在着一个悖论：很多人去的地方有可能是最难去的地方，甚至要比越狱还难。 因为那里不是中国的旅游目的地国家，我申请下来护照之后还得到大使馆面签，结果没聊两句就被"毙"了，原因是我声称前去游览，却说不出几个风景名胜，支支吾吾了半天才憋出一句"要看湖人队的比赛"。 对面那洋人和蔼地告诉我：

"在家看转播吧。"

但我总不能告诉他们，我表妹马上就要坐美国的牢了，我是去试图营救她的。 排在我前面的一个老头儿更活该，他被儿子儿媳叫过去看孩子，可提出申请理由的时候不说"我孙子在美国"或者"我孙子是美国人",而是说:"美国人是我孙子。"这种故意颠倒的语序让精通中文的签证官大为不爽,随便扣了顶"有移民倾向"的帽子便把他撵了出来。

老头儿一边往外走一边愤愤地说:"孙子才想当美国人呢。"

经此一拖,时间又过去了一个月。这期间我着急上火,又给安小男、李牧光和林琳轮番打了无数个电话,却一个人也找不着。我还开车奔波几百里,去了一趟安小男在 H 市的家,可把门拍得山响又在楼道里守了大半天,也没见着半个人影。后来还是一个穿着秋裤出门倒垃圾的邻居告诉我,安小男好像悄悄回来过一趟,连夜把他妈接走了。至于去了哪儿,就没人知道了。

"他是不是欠债了?除了你之外,还有几个东北人来找过他,模样凶得很。"邻居唏嘘道,"这孩子小时候多老实啊,怎么看也不像出格的人……"

我无法解释,便岔开话题又问:"这片儿不拆迁了?"

"你也听说了?拆迁公司都进驻了,但又突然停了。"穿秋裤的大叔说,"为了这事儿,我们还在楼道口放了挂鞭炮呢。"

微博事件正在飞速发酵,不久之后网上有了正式的消息,李牧光他爸已被"双规"并接受调查,而他本人却凭借美国国籍继续逍遥法外;由于中美两国尚未签订引渡条款,流失的国有资产被追回的希望非常渺茫。这条新闻也让人们对那些给外国人当了爹的官员产生了更大的愤怒。 到了那年冬天，事情总算有了转机。 我拐弯抹角地联系上了同样定居美国、正在波士顿"中美文化交流中心"供职的前女友郭雨燕，请她把我塞进一个"文物保护考察团"的名单里。 于是再次面对签证官的时候，我的理由就变成了"到你们国家看看我们的宝贝"。

也是有缘，在这个考察团里还有一位故人，正是历史系的商教授。 此人与时俱进，最近靠"歪批历史"从电视明星转型成了网络红人，因而轻佻的风格愈演愈烈。 自打坐进飞机的头等舱，他就招猫递狗地和空姐打哈哈，唯恐别人认不出他来，浪费了胸前那杆"万宝龙"签字笔。 听说我这个过去的学生混成了导演以后，他还屈尊纡贵地莅临了一帘之隔的经济舱，和我探讨了许多90后才感兴趣的时新话题，并隐晦地暗示我，可以把范增、余秋雨和他并列在一起，拍摄一套名为"当代大儒"的传记片。

飞机已经升空，我们的屁股下面是浩瀚的太平洋。 看着这位在三万米高空乱舞的恩师，我蓦然生出了何似在人间的荒谬感。 商教授侃得兴起，我忽然打断他问道：

"您还记得安小男吗？"

"记得记得。"商教授热忱地呼应着我，"也是媒体圈儿的对吧？ 我还看过他对文怀沙做的访谈，问题问得特犀利……你们是不是老管他叫小安子？"

除了外号，没有一样对得上的。 我苦笑了一声，没再搭茳。 谁承想商教授却又反过来问我："对了，你们那些同学里，是不是还有一个叫李牧光的？"

我瞪大了眼睛："是啊，您认识他？"

"当然不认识。"商教授摆了摆手，脸上浮现出一丝高深莫测的得意，"前些天突然有网站的'推手'发过来一条微博，让我转一下，说的好像就是国企领导往海外转移资产什么的。 现在这种事还真吸引眼球，我和别的几个大 V（指在微博平台上获得个人认证，拥有众多粉丝的微博用户）动了动鼠标，一转眼就成了新闻，听说还在东北那边揪出来一个窝案……又过了一阵才知道那个李牧光以前也是历史系的学生，可我怎么一点儿印象也没有啊？"

"他从来没上过课。"

"怪不得。"商教授又说，"后来他们家的亲戚还找到了我，说要给我十万块钱，让我把帖子撤了。"

"您答应了吗？"

商教授昂了昂下巴，愤慨地说："这些蠹虫——居然想用一点小钱收买我，我有那么无耻吗？"

万里奔波到了美国，落地之后的行程倒是非常简单。 我们被拉到一个不知名的小博物馆亮了个相，就算完成了出资机构的任务，此后的时间尽可以自由玩耍。 商教授在国内当够了华威先生，到了美国却执意"追求内心的宁静"，非要到梭罗隐居过的瓦尔登湖去"度过一个沉思的午后"。 他这么一提议，其他几条大尾巴狼纷纷响应，而我则趁机脱了队，先去找郭雨燕。

我的前女友如今住在波士顿郊区的一个小农场里，她每天要开车去"downtown（市区）"上班，是她的白人老公接待了我。这个富裕农民长得像个结结实实的肉球儿，大脑袋下面连接着一根名副其实的红脖子。他大概听说了我和郭雨燕以前的关系，对我的态度热情而又存有芥蒂，一再套我的话，还警告我不要对郭雨燕存有什么念头。可见中国人在美国的名声也不怎么样，几乎成了乱搞男女关系的代名词——就像当年的美国人在中国一样。我被问得烦了，便用结结巴巴的英文回答他说，我和郭雨燕不仅现在很清白，而且当年也很清白，"连睡都没睡过一觉，就原装出口到你这儿来了"。

那家伙登时放心了，居然还说："多么遗憾。"

然后他邀请我一起进行他最喜爱的运动：端着双筒猎枪到他的农场里去打土拨鼠。看到那些可爱的啮齿类动物刚一探头就被轰得血肉模糊，我实在是胆寒肝儿颤，而郭雨燕的老公却兴奋得又蹦又跳，简直像个迷恋暴力的呆傻儿童。他还请我喝了地窖里封存了几十年的波本威士忌。

好容易等到门外传来停车的声音，郭雨燕从一辆巨大的凯迪拉克汽车里跳了出来。朱颜辞镜花辞树，她也和我的大多数女性同龄人一样，不可避免地显老了：小狐狸脸上涂着厚重而斑斓的妆，变成了刚遭了三昧真火的狐狸精；一对大胸倒是越发蓬勃，可惜看不出肉的质感，分明是用钢丝撑起来的。

她进门也不看我，径直搂着丈夫响亮地接吻。 我则直言不讳地用中文问道："你怎么找了这么个二傻子？"

郭雨燕一翻白眼："你们这帮中国男的又好在哪儿啊——看着倒是一个比一个精，其实成天琢磨的还不是吃亏占便宜那点儿烂事儿？ 没劲。"

郭雨燕的老公问："你们在说什么呢？"

郭雨燕回答他："他说你可真是一个 tough guy（强壮的男人）。"

肉球儿鼓着胸脯子说："那当然。"

接下来，她便谈起了我这趟来美国的主要目的。 郭雨燕已经在办公室联系了北美地区的几个中国同学会，打听到了林琳现在在哪儿："她已经不在西雅图了，而是搬到了加利福尼亚……听说她遇到了麻烦，正在那儿打官司。"

看来最坏的事情还是发生了，我心里一凛，问："是移民局把她告了吗？"

"那倒没有。 移民局的程序不是起诉而是直接遣返。" 郭雨燕说，"听洛杉矶的一个同学说，好像是她把她刚结婚没多久的老公告了。"

这个信息让我始料未及。 按理说，林琳的绿卡捏在李牧光的手里，只要对方翻脸，她就完全处于被动地位，拿什么和人家打官司啊？ 难不成李牧光在气急败坏之余，还对林琳使用了家庭暴力吗？ 这让我更加揪心了。

    还好，郭雨燕虽然对我的态度冷嘲热讽，但帮起忙来总算热心。她给了我林琳的新地址，又上网为我订好了机票，并让肉球儿开着他的福特皮卡送我去机场。当天晚上，我就从美国的东海岸飞到了西海岸，又换乘了曾经载着杰克·凯鲁亚克横穿大半个美国的"灰狗"巴士，来到了距离洛杉矶城区几十公里的一个小镇。

    此时天已彻底黑了，镇上一片寂静，只有酒吧和中餐馆还灯火通明。我循着落满了阔叶的街道找到了林琳的住处。那是一幢红砖垒砌的二层小楼，楼前像许多美国人家一样，有草坪装点门面。我按了门铃，一个华人老太太开了门，用粤语问我"雷海冰果"。

    接着，像有心灵感应一样，林琳便从老太太身后的走廊里走了出来。很没出息，我的眼睛湿了一下，令她的面貌在瞬间变得模糊。当我眨了眨眼，林琳已经站到了我的面前。她竟然没什么变化，还是洋娃娃般的皮肤和又大又黑的眼睛，更让我意外的，是她的脸上一片笑吟吟的，完全看不出身处水深火热之中的样子。

    "你现在不是个搞艺术的吗？怎么肚子鼓得跟个腐败干部似的。"这是我表妹在分别多年之后对我说的第一句话。

    "你倒驻颜有术，用了什么神奇的化妆品吗？"我说。

    "读书读的——人在学校里都不会变老。"林琳说着，便把我领进了她租住的那个小套间。

    "我很担心你。"我进门之后说。

"我知道……谢谢你。"林琳低了低头，好像抽了抽鼻子，但旋即又笑了，"你来得倒巧，下个星期我就不在这儿了。"

"去哪儿？……"

"伦敦。"她说，"还没来得及告诉你，我已经被帝国理工学院录取了，准备到那儿去读为期六年的自动化专业，拿第二个博士学位。"

我惊讶得几乎跳了起来，简直觉得她是在存心开玩笑。但是再看看屋里，的确有几个大箱子堆放在地板上，外面剩的不过是笔记本电脑和几件日用品。

我扯着嗓子问："你不是正在打官司吗？"

"官司打完了，我胜诉了。"林琳说，"李牧光答应跟我离婚，还赔给我一笔损失费，支付在英国的学费和生活费绰绰有余。"

"这到底是怎么回事儿……我的脑子有点儿乱。"

林琳便又笑了，但这一次，她笑得若有所思："说实话，我也没闹清楚是怎么回事儿。我只知道我重新自由了。"

林琳把她这半年多来所经历的事情告诉了我。在和李牧光结婚之后，他们保持着相安无事的两地分居，只有在移民局例行问话的时候才一起去做做样子。李牧光这个名义上的"丈夫"在美国和中国忙得团团转，也压根儿没工夫去滋扰林琳。但是一个多月以前，突然有其他留学生警告林琳，李牧光可能"出了事儿"，让她加点儿小心，而林琳这个书呆子又不会去上国内的网，她下意识地去查了查自己的银行户头，却发现账户里的钱已经统统被转走了。 接着，李牧光醉醺醺地找到了她，宣布要和她离婚，还要向移民局告发她。他还告诉林琳："要恨就恨你那个流氓假仗义的表哥吧，谁让他和别人一起串通起来搞我——这对他又有什么好处？ 他他妈的就是嫉妒我。"林琳也听不出个所以然来，但还是被对方那副丧心病狂的样子吓坏了，并且为有可能到来的牢狱之灾忧心忡忡。 然而就在这个时候，匪夷所思的事情发生了：一封匿名邮件发到了林琳的信箱里，内容是数十张李牧光和不同肤色女人做爱的艳照。

"那些女人一看就是妓女，他们的样子别提多恶心了。"林琳做呕吐状说，"幸亏我不是和这种人真结婚。"

"照片在哪儿呢？"我问。

"我电脑里就有——我是不要再看了。"

我打开林琳的电脑，找到了那组照片。 拍摄场所是一间敞亮、整洁的办公室，那里有宽大的写字台、旋转大班椅，还有一圈锃明瓦亮但几乎空空如也的书柜。 至于那些蝶乱蜂狂的场面，就和办公室的环境很不搭调了：李牧光或者全身赤裸，或者穿着一件皮质小内裤，或者嘴巴里塞着一只粉红色的小塑料球；他有时趴在桌子上被东欧女人用皮鞭打屁股，有时像狗一样被拉美女人用锁链牵着满地爬，有时被亚裔女人绑在一根钢管上……真没想到这哥们儿在性生活方面有着如此离奇的爱好。 而这些照片都是从同一个角度居高临下拍摄的，显然来自安置在天花板边缘的摄像头。

林琳继续告诉我，她虽然不知道这些照片是谁发来的，却条件反射地想到了应该怎么利用它们。她雇了一个律师，抢先一步对李牧光提出了离婚诉讼，理由是对方婚内不忠，生活放荡。自然，李牧光也图穷匕见，揭出了他们假结婚的事实，但这时候形势已经发生了逆转：结婚是真是假还需要移民局进一步调查，照片上的淫乱场面却是铁证如山；法院还怀疑他是在为了逃避责任而胡搅蛮缠。而在美国这种极其强调保护妇女利益的国家，即使他在婚前做过财产公证，一旦成了"过失方"也会吃不了兜着走。官司三下五除二就宣判了，林琳得到了大笔赔偿。一旦手头有了钱，因为离婚而失效的绿卡反而是小问题了。

"如果我愿意，可以用那些钱来直接办理投资移民，不过我可不想过得像个暴发户，还是接着上学比较舒服。"稀里糊涂地变成了小富婆的林琳说，"只要有学可上，在美国还是在英国都是无所谓的了。"

"那么李牧光呢，他现在在哪儿？"

"从法院出来就没见过他，好像是藏起来了……听说他的生意出了很大的麻烦，在中国一个什么项目的投资亏了个一干二净，被迫把美国的公司也给卖了。后来，连离婚协议都是由他的委托律师代发的。"

我暗暗舒了一口气。至于这些反戈一击的照片究竟从何而来，我心里已经有了答案，只不过还有一些技术上的问题需要确认。 好在我面前就坐着一位理工科的双料女博士。

我对林琳说："我还是好奇这些照片是怎么拍下来的。照片上的地点应该是李牧光的公司，而大多数写字楼都会装有监控设备，这是没问题的。 可李牧光难道是个傻瓜吗？他要是在办公室淫乱，肯定会提前把那些摄像头关掉才对啊。 这么大张旗鼓地现场直播，不成了黄色录像的演员了嘛。"

林琳给出了相当专业的解答："监控设备既然可以关掉，也就可以重新打开，而它一旦联网的话，都是能通过电脑来远程控制的——当然，前提是操纵它的人对这套设备的源代码极其熟悉，又通过病毒或者其他黑客手段入侵了李牧光办公室的电脑防火墙。 一旦入侵成功，就算李牧光关掉了摄像头，他在这房间里的一举一动都有可能出现在地球上的任何一台电脑屏幕里。 这么做的难度当然很高，但在理论上是可行的。"

我点了点头："还有一个问题……通过那封匿名邮件，可以追查到发件人的位置吗？"

"也不容易，但理论上也可行。"林琳说，"一般情况下，只有军方和警察的专业设备才能做到，但如果是精通计算机和互联网技术的高手，也可以用民用电脑进入邮箱的服务器，定位出某一封邮件的发送地址。 那些人还常常受雇于大公司，做点儿商业间谍什么的勾当。"

"你在美国的同学里，有这样的人吗？"我问，"我付钱。"

林琳看了我一眼:"有倒是有……不过你有必要非得这么做吗? 反正我已经离开了李牧光,我这个当事人都没有好奇心了,你又何苦呢?"

我说:"这涉及一个朋友。"

林琳没再说什么,坐在电脑前打开了聊天软件。 一会儿,她告诉我,联系上了一个每次考试之前都能从教授的电脑里把试题"黑出来"的印度裔同学,对方对这趟活儿的报价不高,只要一千美元。 她已经替我把账转了过去。 我点点头,走出她的房间,站在草坪上抽了颗烟。

美国小镇的天空透亮而悠远,满天星光交替明灭,竟有蠕动之感,这是在国内大多数地方都看不到的。 我站在这地球的另一面,怀念着我的朋友安小男。 他的工作是在电脑前监视着美国,却从来没有来过这里;然而他却神出鬼没地改变了周边那些美国人和中国人的生活。 做出了这一连串事情,他心里的积郁会减轻一些吗?

戏剧性的是,他报答我、帮助林琳的手段,其实和当初那位银行行长交给他的任务如出一辙。 曾经拒绝过的事情,如今却主动为之。

经由他这个人,我对于身处其中的这个世界的观念,似乎也发生了震撼性的改变。 毫无疑问,在那钢铁洪流一般运转的规则之下,我们都是一些孱弱无力的蝼蚁,但通过某种阴差阳错的方式,蝼蚁也能钻过现实厚重的铠甲缝隙,在最嫩的肉上狠狠地咬上一口。

抽完烟，我到小镇边缘的汽车旅馆订了一个房间，然后才步行走回到林琳那里。才一进门，林琳就告诉我，事情搞定了。印度人的活儿干得很漂亮，他在谷歌地图上用箭头标记了发件人的具体地址。我转动着鼠标，把电脑上的地球放大，再放大——亚洲，中国，华北平原和燕山山脉，北京城区，海淀区中关村一带的几所高校……终于，箭头指向了一个叫作挂甲屯的地方。

没想到是挂甲屯，理所应当是挂甲屯。

当天晚上，我提前订好了从洛杉矶回北京的机票。第二天一早，林琳借了房东那辆又老又破的"庞蒂亚克"汽车，从旅店送我去机场。我们兄妹的异国相聚就这么匆匆结束了，而下次再见面，就有可能是在伦敦或者别的什么国家的城市里了。

临别前，我像小时候一样抬起手来，把林琳额头前的刘海儿胡噜乱了。她的眼圈分明一红。我问她："你就准备在全世界的学校里混下去吗？……也不为以后做一下打算？"

"我是个规划能力特别弱的人。"林琳说，"以后的事情那就以后再说吧。"

然后，我们尽量轻描淡写地告了别。十来个小时之后，我回到了北京。地球的另一面仍然是白天，但由于在飞机上一直都戴着眼罩昏睡，我并不困。上了出租车之后，我让司机把我拉到了挂甲屯。

因为学校周边的特殊生态，这里的住户仍以年轻的闲杂人等为主，街道和房屋也持续着乱七八糟。我循着记忆在窄小的土路上缓缓穿行，与一张张仿佛当年自己的面孔擦肩而过，找到了当初见到安小男的那个小院儿。公共厕所仍在院子的斜对面散发着浓郁的气味，但这一次，安小男却没有攥着一卷飘荡的卫生纸走出来。我走进了院门，正好撞上了那位习惯于穿着睡衣去买菜的女房东，便问她安小男有没有搬回来住。

"没有。"女房东笃定地回答，但又歪了歪脑袋说，"但我前一阵还见过他呢……应该又回到这一片儿了吧。"

电子地图的精确范围是几百平方米，也就是说，安小男总会在附近的这几条巷子里窝着。然而即使是在几百平方米之内，大大小小的出租屋也多如牛毛，想要找到他并不容易。我一边乱转，一边安慰自己：就算今天找不着，还有明天和后天，时间多的是。

但刚这么想，路边的一个门脸便吸引了我的注意。土路拐角的街口，开着一家"香辣鸭脖"和一家"黄焖鸡米饭"，鸡鸭之间夹着一幢矮小的小平房，格局分为里外两层，外面是个玻璃柜台，柜台里摆着几台电脑主机和主板、硬盘之类的配件。在学生聚居的地方，这种专修电脑的小店本不稀奇，但柜台后面那个女人的侧影却分外眼熟。我放慢脚步，缓缓地挪动着脚步，认出了安小男他妈。她正面对着一台十四英寸黑白电视机，不知是在看还是在听。

那么安小男一定是在里屋吧，我看见刚好有一个男人走了进去，说他的车总是被邻居划破了漆，想买一套摄像的玩意儿"抓他个现行"。然后，里屋那杂乱的工作台前便出现了半个背影。的确是安小男。他正弯着腰从地上的纸箱子里往外翻着什么，同时问买主需不需要上门安装。

我心里一热，几乎脱口喊出了他的名字，但随即却又硬生生地止住了自己：我来这里，只不过是想看一看安小男这个人是否还在，看到了，心愿也就了了。我不确定自己是否应该拖泥带水地和他把交情续上——如果李牧光家里的亲戚和手下仍在锲而不舍地寻找着安小男，他们是很可能通过我把他挖出来的。况且，安小男这样的人最好的结局，不正是和所有的朋友"相忘于江湖"吗？

正这么想着，柜台后面的安小男他妈却缓缓地转过了脸来，朝着我和蔼地笑了。我慌了一下，本想回报给她一个笑容，但马上便发现她的目光是全然空洞的。她的眼睛即使还没有接近失明，也是不可能从这么远的地方辨认出我来吧。那个笑无非是她对街上来来往往的人们的本能反应。

我掉头就走，卷着风离开了挂甲屯。一路上从小跑变成了飞奔，扛着行李来到母校北墙外的那条大宽马路上，这才停下来，扶着电线杆子喘息。而当我重新直起腰来，忽然发现手边的水泥柱上，镶着一张写有"图像采集"字样的蓝色标牌。再往上看过去，一个三百六十度的摄像头正不动声色地悬在我的头顶。

我盯着它，如同在与苍穹之上的一双眼睛对视。

面对当下中国的精神难题

—— 石一枫的中篇小说

孟繁华

　　石一枫引起文学界广泛注意，是他近年来创作的中、短篇小说，尤其是几部中篇小说。 这几部作品，从不同的角度深刻揭示了当下中国社会巨变背景下的道德困境，用现实主义的方法，塑造了这个时代真实生动的典型人物。 我们知道，道德问题，应该是文学作品主要表达的对象。 同时，历史的道德化、社会批判的道德化、人物评价的道德化等，是经常引起诟病的思想方法。 当然，那也确实是靠不住的思想方法。 那么，文学如何进入思想道德领域，如何让我们面对道德困境能够在文学范畴内得到有效表达，就使这一问题从时代的精神难题变成了一道文学难题。 因此我们说，石一枫的小说是敢于正面强攻的小说。《世间已无陈金芳》，甫一发表，震动文坛。 在没有人物的时代，小说塑造了陈金芳这个典型人物；在没有青春的时代，小说讲述了青春的故事；在浪漫主义凋零的时代，它将微茫的诗意幻化为一股潜流在小说中涓涓流淌。 这是一篇直面当下中国精神困境和难题的小说，是一篇耳熟能详险象环生又绝处逢生的小说。 小说中的陈金芳，是这个时代的“女高加林”，是这个时代的青年女性个人冒险家。 陈金芳出场的时候，已然是一个“成功人士"：她三十上下，"妆化得相当浓艳，耳朵上挂着亮闪闪的耳坠，围着一条色泽斑斓的卡地亚丝巾"，"两手交叉在浅色西服套装的前襟，胳膊肘上挂着一只小号古驰坤包，显得端庄极了"。这是叙述者讲述的与陈金芳十年后邂逅时的形象。

陈金芳今非昔比。十多年前，初中二年级的她从乡下转学来到北京住进了部队大院，借住在在部队当厨师的姐夫和当服务员的姐姐家里。刚到学校时，陈金芳的形象可以想象：个头不到一米六，穿件老气横秋的格子夹克，脸上一边一块农村红。老师让她进行一下自我介绍，她只是发愣，三缄其口。在学校她备受冷落无人理睬，在家里她寄人篱下小心谨慎。这一出身，奠定了陈金芳一定要出人头地的性格基础；城里乱花迷眼无奇不有的生活，对她不仅是好奇心的满足，而且更是一场关于"现代人生"的启蒙。果然，当家里发生变故，父亲去世后，母亲回家侍弄田地，她却"坚决要求留在北京"，家里威逼利诱甚至轰她离家，她即便"窝在院儿里墙角睡觉"也"宁死不走"。陈金芳的这一性格注定了她要干一番"大事"。初中毕业后她步入社会，同一个名曰"豁子"的社会人混生活，而且和"公主坟往西一带大大小小的流氓都有过一腿"，"被谁'带着'，就大大方方地跟谁住到一起"。一个一文不名的女孩子，要在京城站住脚，除了身体资本她还能靠什么呢？果然，当"我"再听到人们谈论陈金芳的时候，她不仅神态自若游刃有余地出入各种高级消费场所，而且汽车的档次也不断攀升。 多年后，陈金芳已然成了一个艺术品的投资商，人也变得"不再是一个内向的人了，而是变得很热衷于自我表达，并且对自己的生活相当满意"。"这也正是陈金芳给人们留下的印象。 她与任何人都能自来熟，盘旋之间挥洒自如，俨然'摆开八仙桌，招待十六方'的社交名媛。 三言两语涉及'业务'的时候，她嘴里蹦出来的不是百八十万的数目，就是那些如雷贯耳的名号。"陈金芳穿梭于各种社交场合，她在建立人脉寻找机会。 折腾不止的陈金芳屡败屡战，最后，在生死一搏的投机生意中被骗而彻底崩盘。 但事情并没有结束——陈金芳的资金，是从家乡乡亲们那里骗来的。 不仅姐姐姐夫找上门来，警察也找上门来——从非法集资到诈骗，陈金芳被带走了。

陈金芳在乡下利用了"熟人社会"，就是所谓的"杀熟"。 她彻底破坏了乡土社会人际关系的伦理，因坑害最熟悉、最亲近的人而使自己陷于不义。 在这个意义上，说陈金芳是这个时代的"女高加林"也并不完全准确，高加林是在一个相对"抽象"或普遍的意义上向往"现代"生活的，他想象的"城里"并不具体，他到城里是为了逃离土地，做一个城里人，他还没有现代物质观念，思想里也没有拜物教。因此，高加林同他的时代一样，是一种"很文艺"的理想化；但陈金芳不一样，她的理想是具体的，她不仅要进城，不仅要做城里人，支配她的信念是"我只是想活得有点儿人样"。 按说这个愿望并没有什么错，每个人都可以、也应该有这样的愿望。 只有"活得有点儿人样"才会体面，才会有尊严。 但是，陈金芳实现这个愿望的手段是错误的，她的道路是一条万劫不复的道路，就在于她在道德领域洞穿了底线。 她的方式恰恰构成了我们这个时代的精神难题。

《地球之眼》的故事，是在人的心理层面展开的。 这是三个男人的故事：我——庄博益、安小男和李牧光，三人是同学关系。 不同的是安小男是理工男，学的是电子信息和自动化。 安小男一出场就是一个"异类"：一个学理工的学生，一定要和历史系的庄博益讨论历史问题，并且异想天开地要转系，要把历史系的课从本科听一遍。

安小男希望解释道德问题是事出有因：安小男的父亲曾是一位土木工程师。 他十岁以前，家里的日子很好。 父亲很年轻就被提拔成了公司的副总，但厄运从此也来了。 进了管理层之后，发现公司的几个领导没有一个不贪的。 他们把钢筋的标号降低，用来路不明的劣质水泥代替品牌货，居然连地基的深度也敢改，克扣下来的钱都揣进个人腰包里了。 那些人还拉他入伙，他不敢答应，然后成了众矢之的。 后来终于出事儿了，他们公司承建的一个会展中心发生了垮塌，砸死了几个工人。 事故的原因是使用了不合格的建筑材料，可那几个领导却买通了监察部门，还走了上层关系，硬把责任扣到了这位工程师头上，说是他的设计方案不合理导致的。 父亲被就地免职，还被公安局的人监控了起来。 最后父亲从十九层办公楼跳了下去。 父亲临死前和安小男说的最后一句话是:"他们那些人怎么能这么没有道德呢?"于是,一个巨大的困扰在安小男那里挥之不去。

安小男一直追究道德问题来自内心深处的隐痛和动因。他追究李牧光的问题,还与李牧光投资 H 市的项目要拆迁的民居有关,那恰好是安小男母亲居住的地段,母亲就要居无定所,安小男又没有能力安置母亲。他内心流血的疑问是:"怎么有人活得那么容易,有人就活得那么难呢?……"因此,安小男追究的道德问题,从一开始就不是一个纯粹的理论问题,它与个人的身世、经历以及生存状况都密切相关。至于安小男能做到哪一步那是另一个问题。但通过安小男的追究和行动,我们不只看到了一个青年知识分子因艰难困苦造就的孤傲倔强性格,而且通过安小男也看到了社会众生相。因此,这篇貌似写青年群体当下截然不同状况的小说,本质上恰恰是一篇社会问题小说:高校教授没有节操的无耻、学校见利忘义的没有原则、社会腐败弥漫四方的无孔不入等等。安小男可以将他监测的"眼睛"安放到地球的任何一个角落,可以守株待兔地洞悉地球上任何风吹草动。但是,他能够解决他内心真实的困惑吗?安小男不能解决的困惑和问题,也就是我们共同不能解决的困惑和问题。小说当然也没有这样的功能。我深感震撼的是,石一枫能够用如此繁复、复杂的情节、故事,呈现了当下社会生活的复杂性,呈现了我们内心深感不安、纠结万分又无力解决的问题。一个耳熟能详的、也是没有人在意的关乎社会秩序和做人基本尺度的"道德"问题，就在《地球之眼》中被表达出来。 因此，《地球之眼》是一篇在习焉不察中发现道德危机的作品。

图书在版编目（CIP）数据

世间已无陈金芳/石一枫著；孟繁华主编. —郑州：河南文艺出版社，2019.5
（百年中篇小说名家经典 / 何向阳总主编）
ISBN 978-7-5559-0692-6

Ⅰ.①世… Ⅱ.①石…②孟… Ⅲ.①中篇小说–小说集–中国–当代 Ⅳ.①I247.5

中国版本图书馆 CIP 数据核字（2019）第 010680 号

丛书策划　陈　杰　杨彦玲

本书策划　孙晓璟　　　　　责任校对　梁　晓

责任编辑　孙晓璟　　　　　书籍设计　刘运来

丛书统筹　李亚楠　　　　　责任印制　陈少强

世间已无陈金芳
Shijian Yi Wu Chen Jinfang

出版发行　河南文艺出版社
本社地址　郑州市郑东新区祥盛街 27 号 C 座 5 楼
邮政编码　450018
承印单位　河南瑞之光印刷股份有限公司
经销单位　新华书店
开　　本　787 毫米×1092 毫米　1/32
印　　张　8.5
字　　数　157 000
版　　次　2019 年 5 月第 1 版
印　　次　2019 年 5 月第 1 次印刷
定　　价　32.00 元

版权所有　盗版必究
图书如有印装错误，请寄回印厂调换。
印厂地址　河南省武陟县产业集聚区东区（詹店镇）泰安路
邮政编码　454950　　电话　0391-2527860